后浪

挑 选 缪 斯

大 都 会 艺 术 博 物 馆 奇 幻 故 事 集

[美]克里斯蒂娜·库尔森——著　　万洁——译

南方出版传媒
花城出版社
中国·广州

图书在版编目（CIP）数据

挑选缪斯：大都会艺术博物馆奇幻故事集 /（美）
克里斯蒂娜·库尔森著；万洁译 . -- 广州：花城出版
社，2022.2
书名原文：Metropolitan Stories
ISBN 978-7-5360-9559-5

Ⅰ . ①挑… Ⅱ . ①克… ②万… Ⅲ . ①短篇小说—小
说集—美国—现代 Ⅳ . ① I712.45

中国版本图书馆 CIP 数据核字 (2021) 第 255983 号

Metropolitan Stories by Christine Coulson
Copyright © Christine Coulson 2019
First published in English by Other Press LLC
Simplified Chinese edition copyright © 2022 Ginkgo (Beijing) Book Co., Ltd.
All rights reserved.
本书中文简体版版权归属于银杏树下（北京）图书有限责任公司。

著作权合同登记号：图字 19-2021-273 号

出 版 人：张　懿
出版统筹：吴兴元
责任编辑：张　旬
特约编辑：袁艺舒
装帧制造：墨白空间·郑琼洁

书　　名	挑选缪斯：大都会艺术博物馆奇幻故事集	
	TIAOXUAN MIUSI: DADUHUI YISHU BOWUGUAN QIHUAN GUSHIJI	
出　　版	花城出版社	
	（广州市环市东路水荫路 11 号）	
发　　行	后浪出版咨询（北京）有限责任公司	
经　　销	全国新华书店	
印　　刷	嘉业印刷（天津）有限公司	
	（天津市静海区岩丰西道 8 号路）	
开　　本	787 毫米 ×1092 毫米　32 开	
印　　张	7.75	
字　　数	113,000 字	
版　　次	2022 年 2 月第 1 版　2022 年 2 月第 1 次印刷	
定　　价	42.00 元	

谨以此书献给菲利普·德·蒙特贝罗，

纽约大都会艺术博物馆馆长（1977—2008）；

也献给为我们钟爱的博物馆奉献了一生的所有非凡之人，

你们是我的英雄。

目　录

1　　我　们

4　　主角椅子

10　　挑选缪斯

34　　肉与奶酪

53　　捐赠人

63　　夜间行动

87　　夹层女孩

111　　失　物

134　　品尝禁果

142　　大块头

151　　招　领

158　　天才策展人

190　　当我们谈起亚历山大·费里斯

195　　存光之处

209　　藏品课

212　　纸　雕

236　　致　谢

我　们

我们保护它们，拯救它们，研究它们。一段时间之后，尽管有人总是慢半拍，但我们终会意识到，是它们在保护我们，拯救我们，研究我们。

"我们"是一代又一代幸福的孩子，是成千上万名员工，是大都会艺术博物馆让我们得到了哺育、塑造和成长；终有一天，我们可以像接住抛来的球一样，迅速而兴奋地用双眼捕捉到美，再将它捂在胸口，让它属于我们，完完全全地属于我们。

一度，每当我们在博物馆错综复杂的参观路径上探索，途经每一间陈列室，每一座石灰岩大厅，每一条狭窄的过道与捷径，每一段或上或下、穿插交错的楼梯都会令我们感到膝盖发软；终有一日，经过指导和训练，我们的肌肉形成记忆，带着我们迈向正确的方向。

我们的梦中有圣杯、罗斯科的画、非洲面具和贝尼尼那线条缠绵的雕塑。这些画面在我们的脑海中——展开，好似一张张翻飞的书页。一想到它们的故事，那么多无法用语言传达的故事，我们的心就怦怦直跳。此时，此地，就在这个灿烂的盒子里，我们想向你展示我们见到了什么，唤醒了什么。

"它们"是藏品，是艺术，是这个地方的主人。人们前来观赏它们，希望我们歌颂它们，吐字清晰地高声歌颂，用每一次呼吸歌颂，直到参观者得到充分鼓舞和启发，精疲力竭，不想再多看一眼青铜像、祭坛画、剑、肖像或花瓶。随后，参观者会在博物馆的商店里买一袋证据——能够证明他们来过博物馆的一袋商品，比如印着凡·高画作的餐巾纸。最后，他们便离开。

不过，我们和物品会留下。我们夜晚依偎，白天重逢。我们像隔着一道篱笆的邻居，总有一方知道的事更多；我们喜欢设想自己是那一方，但其实它们知道得更多。求知欲驱使我们如饥似渴地去了解它们早已经历过的事。那些物品就在现场，见证了整段历史，亲眼见证。它们眼睁睁看着墓室之门渐渐闭合，阳光越来越少，直到只剩下一道刺眼的光束；然后，砰！一切归于黑暗。

我们依赖它们的魔力，清楚那就像一种令人心安的迷信。这些物品悄无声息地溜入我们的世界——它们曾经固守一隅，如今化为流动的风景——每次的出现都出乎意料。因为我们没想到自己需要被拯救，也没想到拯救我们的会是大理石、丝绸、画布与油画或者纸页上的炭笔画；它们透过镀金画框和玻璃柜，与我们对视，凭它们的本事对我们施以影响，长久的影响，而且从不背弃我们。这些艺术品发挥着实际用处，它们让对的事发生，也像大雨一样将错的事冲下博物馆的台阶，裹挟着它们消失在远方。我们屏息观看，同时因为艺术站在我们这边暗暗松一口气。这就是我们从不离开的原因。

主角椅子

有时候，我真希望我们能有个互助小组。这样一来，我们就可以互相做自我介绍。

"大家好，我是帕尔马公爵夫人路易丝-伊丽莎白[1]的扶手椅。"

听到这样的开场白，其他椅子一定会立刻把我视为烦人精，尤其是那些上了年头的温莎椅子。

大家都会知道，我的衬垫从一开始就没换过，我还在几张不怎么重要的油画里以配角身份露过脸。虽然这样的履历能给我带来一些光环，但带来更多的还是嫌恶。

还记得在巴黎的时候，一位熟练的雕刻师在我身上刻出盘盘卷卷的藤须，雕工之华丽使得我最光滑的表面

---

1 路易丝-伊丽莎白（Louise-Élisabeth，1727—1759），出生于法国凡尔赛王室，路易十五国王的长女，后嫁给西班牙菲利普五世的小儿子因凡特·菲利普，成为帕尔马公爵夫人，1759年因病去世。本书注释均为译注。

也呈现出杂技般起伏的曲线，摇摆、伸展、回卷、缠绕，仿佛注入了紫藤的意志。

每一处螺旋的造型外都包裹着金箔。这贵重的金属片薄得不可思议，好似一场柔柔细雨，浮于我裸露的木头之上，凉爽且轻巧。接着，工匠将抻得平平展展的丝绒裹住我富于曲线的身体，犹如一身定制的精致西装，紧绷绷的，尺寸分毫不差，边缘还有亮晶晶的装饰。

我还记得，从法国来到帕尔马的科洛尔诺公爵府的第一天，我遇到了路易丝-伊丽莎白的女儿，八岁的伊莎贝拉。那是1749年，她十分小心地抚摸着我身上绯红色的丝绒，努力摆出成熟懂事的小大人姿态。

但我也不会忘记她蜷缩在我身上大声哭泣，泪水涟涟的样子。她穿着饰有花朵和丝带的长裙，两条蜷曲的小腿紧紧并在一起，藏在裙撑之下。我依然能感觉到她的胸脯抵在我背上起起伏伏，好像她在随着啜泣的节奏轻轻颤抖。我多想随着她伤心的抽动摇晃起来，好好安慰她一番。

仅仅在五年后，伊莎贝拉的弟弟和妹妹——费迪南德和玛丽亚·路易莎就会在进见他们的父母时扑进我怀里，和其他孩子一样，笨拙地拉扯我的金花边；花边再精美他们也不怜惜。

有一回，在大都会艺术博物馆里，一个小男孩，也就不到三岁的样子，他摇摇摆摆地经过赖特斯曼[1]展厅的围栏，径直朝我走过来。尽管几乎过了二百二十五年，他还是立即让我想起了帕尔马岁月里那些蹒跚学步的孩童。

加油，小家伙！我在展厅围栏挂绳后面心中默念，你能做到的！

小男孩伸出一双胖乎乎的小手，由跌跌撞撞的步子推着一再向前，鞋子踏在展厅的地板上，发出嗒嗒的脚步声。我感觉自己像是挂在悬崖边，等着他来抓住我的手臂，救我上去。一股温热湿润的轻风拂过我的身体——就在他够到我的前一秒，他妈妈抓住了他。

让我们回到1978年。我依然时常梦回那段岁月。我想象那男孩爬上我的椅座。他抓住我的感觉令人愉悦，这温暖而富有弹性的小胖墩儿就这样窝在了我的臂弯间。

---

1 收藏家杰恩·赖特斯曼及其丈夫查尔斯·赖特斯曼向大都会艺术博物馆捐赠了包括莫奈、雷诺阿作品在内的许多重要馆藏，并在其去世后将所有艺术遗产赠予了大都会。

一小滩口水洇入我的丝绒，仿佛一股生命力疾速注入我干涸的骨骸。

我一定会在互助会上分享这些梦境。

当然了，我也记得冷清的阁楼和仓库。有的房间热得让我肿胀，有的房间冷得让我皱缩。那些屋子黑暗、空寂，抑或憋闷。尽管有的空间被各种家具装得满满的，拥挤不堪，但那终究是一座荒凉的炼狱，徒留被人遗忘的物件儿堆成连绵不绝的山脉。

在那薄如蝉翼的寂静中，灰尘以一种脆弱但恒久的方式撒下，仿佛一场绵长的灰雾，逐日飘落、堆积在我的每一寸表面上。几十年来，我始终迫切渴望听到地板能传来嘎吱嘎吱的脚步声，让那种震动沿着我的四条腿爬满全身，传递给我某种微弱的生命的躁动，哪怕只有分毫。哦，对了，我还热切盼望着有朝一日，大门终于敞开，万丈光芒中，甄选者的身影出现，而我终于成了被选中的那一个。

在储藏室度过的那段日子我也肯定会在互助会上提起的。

后来，我回到巴黎，被安置在莱斯宅邸中，那是世纪之交世界一流的室内装潢公司所在。1906年，传奇的鉴赏家乔治·霍恩切尔将我卖给了美国巨擘 J. P. 摩根，与我同批转手给他的还有另外两千件家具。摩根把我们中的大多数都捐赠给了大都会艺术博物馆，也就是我居住至今的华丽家园。

不过，帕尔马才是我真正的家。我永远不会忘记自己青葱岁月里住过的金碧辉煌的屋子里的光影。有时候，我会在脑海中咂摸每一点细节，就像一个囚犯为了熬过狱中年岁所做的那样。我反复回忆路易丝-伊丽莎白重重坐在我身上的感觉。她是那么疲惫，那么孤独：作为一位国王勇敢无畏的女儿，她却因为她那胆怯的配偶和自身美貌上的欠缺而时时感到沮丧。她那蔫嗒嗒的丈夫常来抠我的镀金层，我仿佛依然能闻到他身上的馊味儿。

十一岁时，小玛丽亚·路易莎和她的堂兄卡洛斯订了婚，后来成了西班牙的王后。比起姐姐，她个子有些矮，也没那么漂亮；听她妈妈解释这桩没有爱情成分的亲事时，她就坐在我身上，两只小脚耷拉在座位边儿上，慵懒地晃悠着。不知是出于反叛心理还是为了寻求慰藉，玛丽亚·路易莎在位期间给自己找的情人排成了长队；

无一例外，他们全在我的丝绒椅垫上落过座。

　　玛丽亚·路易莎一直把我留在身边，直到 1819 年她在罗马逝世。婚后二十八年里，她怀孕二十四次，最终只有六个孩子活了下来[1]，在这段充满恐惧的岁月中，我始终陪伴在她左右。

　　关于这段记忆，我是肯定不会在互助会上说的。

---

1 原文为"六个"孩子活了下来，但实际似有七个孩子活至成年。

挑选缪斯

备忘录上写得很清楚："时装设计大师卡尔·拉格斐先生会带他的缪斯一起来。缪斯不说话。不要跟缪斯说话。"

大都会艺术博物馆馆长米歇尔把这几句话看了两遍。和一位时装设计师会面，他并不感兴趣，但是他惊讶地发现自己非常欣赏对方提出的具体要求。上次有人让他吃惊已经是很久以前的事了。他开始想，自己怎么从没想过要带这么一个跟班。

米歇尔购得的每一样有腔调的家具和装饰品都堪称他这二十八年职业生涯的标志：一张巴洛克风格的书桌，几卷艺术画册，几套别着小小红色骑士翻领徽章的手工西服。独独没有缪斯。——啊，带缪斯去跟人会面真妙！米歇尔把对方的古怪排场视为一种邀请，也是一种挑战。作为世上最伟大的博物馆的馆长，他一定要在明天一天之内给自己找一个缪斯。

也许该找个有魅力的策展人，他心想，脑子里飞速地盘点他的员工中缪斯的人选……

素描馆就有一位深褐色头发的白人女研究员，特别妩媚；还有那个意大利装饰艺术策展人，她总是让他想起写性与精美家具的十八世纪法国中篇小说。

财务部那个惊艳的女人也行，她有一双美得让人称奇的腿。可是他很难找出理由带她去与一名时装设计师会面。

届时莉莉·马丁也会出席，尽管博物馆的这位董事长面容姣好，但她更像是一位修女，而非女神缪斯……埃莉诺可以帮他想出主意来。

"埃莉——诺——！"他吼道，"明天和卡尔·拉格斐会面时我需要一个缪斯。"

"没问题。"埃莉诺用毫无激情的声音回答。她坐在米歇尔办公室外一个灰色的隔间里。她在馆长助理的岗位上工作了二十四年，很少因为什么事从座位上站起来。现在不过是听到他要求要一个缪斯，她更没有动力挪地方了。

"咱们得找个尤物——"米歇尔继续坐在他的办公室里喊叫，他说最后一个字的时候故意拖了长音。

埃莉诺还是表现得很淡定。和米歇尔不同，她根本没考虑馆里的员工，而是直接想到了艺术品。这里的缪斯很多。他们当然可以为那场一个小时的会面，从藏品中找出一件关于缪斯的艺术品。

她还记得，米歇尔六十五岁生日的时候，伦勃朗的自画像[1]中的人物一个个从画里走出来，进入他的办公室，纷纷去和他握手。那可真是漫长的一天。埃莉诺从未告诉过任何人，她听到米歇尔的办公室门后传来了抽泣声，想必是因为这个里程碑一样的年纪终于碾压到了他头上。谁会想到伦勃朗的这些老哥们这么有同情心呢？他们竟然陪着他坐了好几个小时。他们理解米歇尔的脆弱，因为他们理解，人遇上难事儿确实需要一点同情和友谊。

埃莉诺不会说的是，从历史上来看，缪斯女神向来掌握选择权，而不是由人来选她。她只是垂下眼帘，摇

---

1 伦勃朗的自画像数量非常多，据不完全统计有九十幅左右。

摇头。

折腾开始了。对有些事米歇尔不屑一顾（大众、没有魅力的人、美国艺术和教育部），但在另外一些事上他吹毛求疵（欧洲油画、美丽的女人、有钱人、饭菜中的香料）。缪斯之间的对决当然属于需要吹毛求疵之事，所以缪斯将会成为严苛评判的对象。

这里面还有条暗含的要求，那就是缪斯不能过于抢风头。这是一种微妙的平衡。

埃莉诺先给希腊和罗马馆打了电话，问他们能不能尽快执行这个任务。他们立即找来了《美惠三女神》。只可惜三位女神一丝不挂，项上人头没有不说，身子还连在一起，无法分离，她只好又把三位请回去。她们被放在拖车上，笨拙地离开了，经过两厅相接处的台阶时一顿一顿的；她们没有头，所以默然不语，显然很是失望。

埃莉诺知道博物馆的藏品中有大量缪斯——这是整个艺术史上都很流行的创作主题，因此她利用馆长办公室的权力，给自己找了个初级助理，让他将一份紧急备忘录面呈给全部十七个策展部的主管：

大都会艺术博物馆
跨部门备忘录

收件人：各策展部门主管

发件人：埃莉诺·罗克，馆长办公室

主题：紧急动员

1998 年 1 月 26 日

我们获悉，馆长明天的会面需要一个缪斯。请于今天上午十点半之前将所有候选作品送至馆长办公室。选择标准的重点就是美和品相。谢谢。

埃莉诺完全清楚自己在制造一场怎样的混乱。没过多久，院长办公室就成了《歌舞线上》[1]的现场。等候区挤满了各式各样的缪斯，甚至有一部分摆不下，搁到了门廊上。她们三五成群地聚着，其中很多僵硬地以原有姿势立在那儿，稍微一碰便嘎吱作响。她们上次被搬来搬去已经是很久以前了。

有些部门对缪斯的定义极端扩大化了，不过这里大

---

1 该电影中，一个音乐剧导演要为他的新作品挑选一支优秀的歌舞团队，参加选拔的舞蹈演员挤满了大街，竞争十分激烈。

多数关于缪斯的藏品都可以追溯到最初关于宙斯的九个女儿的神话。这九个女儿每个都司管一门艺术或科学：卡利俄佩（英雄史诗）、克利俄（历史）、埃拉托（爱情诗）、欧忒耳珀（抒情诗）、墨尔波墨（悲剧）、波吕许谟尼亚（颂歌）、忒耳西科瑞（舞蹈）、塔利亚（喜剧）和乌拉尼亚（天文学）。

"我听说这家伙特招人烦。"一个墨尔波墨气急败坏地说。

"真的吗？"一个埃拉托一边给她的竖琴调音一边说，"我倒是听说他很性感。"

"他就相当于这里的神。"一个波吕许谟尼亚插话说。

"显然，他把这座建筑里每一个好看的女人都引诱到这儿来了。"一个克利俄补充说。

这种紧张不安的对话在持续，不仅是这几个缪斯之间在交流，她们的众多姐妹也在窃窃私语，其中包括十三个卡利俄佩，另外十五个克利俄和将近二十个塔利亚，每分钟都有更多姐妹赶来。因为这里从来没发生过这种事——没有一次人类向藏品公开求助的情况，所以在这节骨眼儿上，大家也顾不得什么礼仪了。

面对未卜的前途，一座十九世纪的陶瓷塔利亚塑像感到莫名焦虑。她还记得1982年的时候，博物馆的采购委员会曾对她从上到下仔仔细细地审视过，该委员会就是决定是否出钱将她纳入馆藏的组织。许多只戴着手套的手翻来覆去地检查她，最后终于有个勇敢的大都会策展人为她说了句话，说她"魔法般地呈现了硬质瓷的笨拙"。她身价不高，所以大多数委员都默许可以买下她，只有一个人坚决反对，那就是可怕的委员会成员科迪莉亚·威尔明顿。她给委员会主席递了一张纸条，上面只写了一个词："蹩脚货。"后来真相才为人所知，原来威尔明顿女士的父亲跟一个相貌神似这尊塑像的女人私奔了。

　　大多数缪斯都是在大都会艺术博物馆建立早期成为馆藏的，那时候缪斯还是时尚的艺术品，不管她以什么艺术形式出现，博物馆都愿意收。美国馆的摩尔斯小姐，即《缪斯》，自1945年起就在馆里了。现在，这幅画放在馆长的办公室里，摩尔斯小姐的着装十分隆重，一身十九世纪的塔夫绸礼服，硬挺的芥末色精工女装腰际束着一条大腰带，蕾丝领子也格外夸张。她靠着精制的布艺沙发，仿佛在躲避某样凶猛危险的东西。

"我都不明白我为什么会在这儿。"摩尔斯小姐高声说，"这是要办什么展览吗？"她本是个沉醉于针线活和写生的女人，过着平静无忧的生活，可此时她说话都带了颤音。

"不，甜心。"一位来自欧洲绘画馆的歌舞女郎版卡利俄佩说，她说话时牙齿嘎嘣直响，一边还忽闪着睫毛，就好像她的上下睫毛随时可能脱离眼睑，像蜻蜓一样轻盈地飞走，"博物馆的馆长需要一个缪斯。我们都是来帮忙的。甜心，这可是件荣耀的事。""荣耀"这个词在她嘴里变成了"浓——呀"，伴随着她忽闪睫毛的节奏，一字一顿地。

"那要是有的人根本不想参与呢？"摩尔斯小姐问道，"我可不工作。"

"啊，身为缪斯的两难抉择啊，是吧？要随时待命。"卡利俄佩耸耸肩，想表达出现代人"想开点儿，困难都会过去"的意思，只可惜摩尔斯小姐不明白。

"没错。"她的回答只是为了终止这次交流。

面对这个新成立的"姐妹会"叽叽喳喳的混乱场面，

埃莉诺从发展办公室找来了援兵。在那个办公室里她总能找到手握写字板的年轻姑娘，她们训练有素，善于整理思路、安排事务。

她们开始按照名字给缪斯分组，可后来突然想起最后接收她们的是谁，因此改了主意。这样做很大程度上是表面文章。于是，为了办事效率，这些缪斯先是由策展部门来排列（馆长有他的偏好），再按照发色分了类（在这方面馆长也有他的偏好）。

其他元素也对分类起了一定影响。举例来说，缪斯只能向左或右倾身，多少世纪以来就是这种造型。身体左倾的缪斯全部靠在稍远点的那面墙上。她们或许一开始就会被刷掉。但这些倾身缪斯是同主题艺术品中最美、穿着最清爽的一类。米歇尔一定想见到她们。

有的缪斯似乎自带着风，裙角与发丝飞扬，乱得富于艺术气息。还有的缪斯柔若无骨，慵懒妩媚，搭靠在家具上，好像要融化一般。几个情诗女孩身边带着丘比特，她们无休止地拨弄着七弦竖琴，让办公室里有一种情人节前的女士内衣店的氛围。司管悲剧的那群缪斯个个神情肃穆，甚至垂头丧气，仿佛戴着愁苦而无奈的面具。没人能分清司管英雄史诗和颂歌的缪斯，但是司管抒情诗的缪斯特点鲜明，她们出口成诗，就像说唱歌手一样有韵律感。舞蹈缪斯在做拉伸。天文学缪斯在玩星座游戏，喜剧缪斯则一个接一个地讲关于她们自己的笑话，把所有人都得罪了。

"嗨，埃莉诺，你管站不直的缪斯叫什么？"

"艾琳[1]。"埃莉诺口吻平淡地立刻回答，一脸不快。她们聊什么她全都听到了。

尽管博物馆一向以馆长的需求为重，但发展办公室的大部分员工都翻着白眼，对这一番兴师动众的折腾表示不屑。

达夫妮是在发展办公室干了十四年的老员工。她可能是唯一为这些任务和它们与那位伟大人物的紧密联系而甘之如饴的人了。米歇尔让她心生忧虑与恐惧，但是他那闻名的假面背后有时会闪现出令人惊讶的人性之光。米歇尔似乎完全明白他在潜移默化中给他人带来了怎样的恐惧，同时，看到像达夫妮这样资深的员工能迎合他

---

1 "艾琳"中的"琳"发音与"lean（倾斜身体）"相同。

的需求，他对这份勇气抱有十分的敬意。他说谢谢时表达的意思从来不像"谢谢"这个词通常传达出的谢意那样微不足道，而是带着真正的感激之情，带着一种重量，就像内敛的父亲瞬间流露出汹涌的柔情。

望着等候室成群的女人，达夫妮想起了十年前，一个约旦酋长带着他的几个妻子，用几个行李箱送来了数目惊人的现金。"她们全都静静地坐在那里，我们在评判她们，她们也在评判我们。"她将记忆中的感觉告诉比她年纪小一些的同事杰米。

"缪斯似乎不会评判别人。"杰米看着越来越乱套的场面回答，"她们不爱对他人品头论足，只是喜欢指手画脚。她们提建议的时候更像是在提要求，就好像在说'快给我想出灵感来'。"的确如此，这些缪斯身上有着一种业余却又迫切的劲头，她们极度渴望赶快把事情办妥，这使得她们展现出无与伦比的优雅魅力，同时又有孤注一掷的绝望感觉。

埃莉诺从米歇尔的办公室出来。"他准备好了。"她说道，除此之外没有再多做解释。

馆长办公室的内室是一间填满了书籍的小屋，其中的艺术品倒是出乎意料地少。一大幅卡纳莱托油画挂在一张陈旧的天鹅绒沙发上方，画里是十八世纪的威尼斯[1]，而那张沙发与它前方昂贵的会议桌并不相称。屋子的另一端是一张宽敞的办公桌，桌子后面是一圈窗户，这样的陈设就好似这里是一艘船的指挥中心。一张皮办公椅位于桌后，但其对面的位置上没有其他椅子。

挑选策略简单又高效：让她们站着。米歇尔发现，强制要求对方保持站姿会让互动变得简洁且更专注。

达夫妮出现在门口，简要介绍了他们为等候室中的缪斯制定的一套筛选系统：按照策展部门和发色给缪斯分组。她知道，这样能让米歇尔在过他最不喜欢的部门的展品时速度更快些。"先生，我们要不要从美国馆开始，按照字母顺序来？"

"好吧。"

"早上好，拉鲁斯先生。我想这儿应该是有什么误会。"摩尔斯小姐进了门，率先开口说道。

"你是谁？"看到这个手里抓着速写本、身上穿着

---

1 卡纳莱托尤以描绘威尼斯风光闻名。

巨大的黄色礼裙、一本正经的十九世纪女子，米歇尔吓了一跳。

"苏珊·沃克·摩尔斯。"她小声回答，"我所属油画的名字叫《缪斯》，我想这就是我被带到这儿来的原因吧。不过，我猜您应该会同意我返回我的展厅，不仅因为这样做是合适的，还因为这是对错误邀请我至此的一个恰当回应，对吗？我想这次我应该帮不上忙。"

"的确是这样。"米歇尔表示同意，这可不是我想要的缪斯，他这么想的时候视线已经越过她的肩膀，落在她身后了。

下一个美国缪斯出现在他面前，体形相当大，是一尊高大笨重的自由女神像，她身上的袍子像工人粉刷展厅时用来保护地板的罩布一样厚。她举着一根画笔，重重地在会议桌上落座；现在她坐着，厚重的布料分开，露出了她足球一样大小的膝盖。这也不是米歇尔心目中的缪斯。

"埃莉——诺——！"

尽管发展办公室工作效率高，但他们还不适应馆长颇为琐碎挑剔的需求。美国馆的一尊硕大的沉思女像需要立即离开。埃莉诺指引这位身材高大、衣裙褶皱僵硬的缪斯走出了房间，就像一名护士在照顾一位上了年纪的病人。

米歇尔看着这令人不快的一幕，挑起一边的眉毛；反正"美国缪斯"这个词组在他看来无异于用了矛盾修饰法[1]。"也许我们应该继续看下一个馆的……"他对正要出门的埃莉诺说。

达夫妮回来告诉他，接下来是素描和版画部门的艺术品。"先生，她们的色调都很沉闷，所以也没有什么发色之分了。"

米歇尔听出她的话显示出诚恳的工作态度，同时也觉得这句话本身的荒诞值得玩味。"那我们就看看这一批黑白的女士吧。"

应他的要求，三十八个完整性不一的女人进入了房间。其中许多都是倾斜着身子的造型，她们一进来就急切地寻找能让她们靠上一靠的地方。其他女人近乎全裸，只有几个身上画着几道线，或是这儿或是那儿，总之这

---

1 将两个互相矛盾的词放在同一个短语中，从而产生特殊的深刻含义的修辞手段。如"残酷的仁慈""聪明的傻瓜"。

些线代表她们身上穿着衣裙。在版画上尤其可以看到粗粗的交叉影线和仿佛刺穿画面的直线。她们之间的共性在于暴露：每个缪斯都露出一部分肌肤——半边胸脯、一侧肩膀、一条赤裸的腿或是未曾遮盖的背部，衣衫的某片布翻开，从她们的身上滚落下来。按说这种画面应该有种女神开会的感觉，可恰恰相反，它就像是关于一场淫荡的名媛舞会的黑白旧照，而且有些部分还严重失焦了。

"不行。"米歇尔的语气中透着满满的挫败感，就像一个盼着生日时能收到一匹小马驹，最后却收到了一双袜子的男孩。于是，这三十八个女人将安安静静地回到她们的无酸盒子中，封闭起来，再也不与威胁她们生存的光线、空气和虫子接触。她们并不会对观赏她们的人念念不忘。

接下来是欧洲绘画部门。首先亮相的是柯罗[1]笔下闷闷不乐的缪斯，她穿了一件粗麻布长马甲和一条简单的短裙，她的目光投向斜下方，就好像她正在一场数学考

---

1 卡米耶·柯罗（Camille Corot，1796—1875），法国写实主义风景画和肖像画家。代表作品：《兰衣女》《纳尔尼河上的桥》等。

试中作弊似的。可她有法国血统，而且来自馆长偏爱的一个馆，所以尽管这幅作品有着种种局限性，他还是（匆匆地）打量了一番。接着，那个睫毛浓密的卡利俄佩扭着屁股走了进来，迎接她的却是米歇尔蹙眉瞪眼撇嘴的苦相，这个表情说明他不接受。

"哼，这大个子应该接受我本来的样子。"她朝埃莉诺耸耸肩，便离开了。

下一个是紧张兮兮的陶瓷塔利亚。米歇尔想起了威尔明顿女士那张写着"蹩脚货"的纸条及其背后的桃色故事，不由得浮出一丝微笑。司喜剧的缪斯仿佛散发着魅力的光辉，但她恐怕太蠢了，满足不了他的需求。米歇尔很聪明，他清楚地知道，他的那些董事的心愿远比他自己的来得重要。

他让这名面色苍白的小个子女人退下了，紧接着面试的是身着蓝橘色相间华服的一组九个陶瓷缪斯。她们来自十六世纪的意大利，性情温和，笑逐颜开，身着色彩缤纷的衣裙，为即将去狩猎的猎人加油鼓劲。还没等米歇尔示意，她们就围着会议桌坐下了，就好像她们是来借这间屋子开会的。米歇尔感觉自己应该出于礼貌挨着她们落座。这时，太阳神阿波罗进了屋。他让炫目的阳光洒满了整个房间，架势半像经理，半像皮条客。九位缪斯看到他，似乎都松了口气。

达夫妮靠近米歇尔，轻声给他介绍这件艺术品的背景资料。"她们这组缪斯有个问题——她们无法分开。这原本是一方墨水台，很久之前摔坏了，后来又重新修复的。她们害怕再次被分开。阿波罗应该是其中管事儿的。"

米歇尔真想狠狠用脑袋撞桌子，但最后他没这么干，而是深吸了一口气，用他最深沉的嗓音说："*in aeternum unitum*（永远连在一起）。"达夫妮不懂拉丁语，但是她悟性高，知道是时候把那群缪斯请出去了；就好像她们刚才是在美国总统办公室等媒体给她们与总统合影，现在合影结束，她们得赶快离开。

"达夫妮，ESDA 的缪斯就这些了？"米歇尔问话的时候她刚走到门口。ESDA 是"欧洲雕塑与装饰艺术展馆"的首字母缩略词，念"诶兹达"。

"是的。"达夫妮回答，"我自作主张，拒绝了司管天文学的缪斯的青铜雕像，因为她身上的衣纹太繁复。"

"很好。"米歇尔说。达夫妮紧张地低头看她的写字板，参考她的笔记，尽管她完全不需要。"接下来是希腊和罗马馆。当然了，这两个馆的缪斯最多了。我把她们分为两组：破损组和希腊花瓶组。"

"把破损组带上来。我想这组应该很快就能筛完。"

达夫妮离开办公室，米歇尔瘫坐在椅子上，心想本以为今天一定会过得很愉悦，结果现在却觉得厌烦。难道说精心策划这场……这场选美从一开始就是个坏主意吗？还是说其实他想要的不止如此——不只是选一个美人来当他的吉祥物？其实他想要的是在他从业二十八年后能再次给他注入激情的象征？

破损组到了。她们大多数缺少的是鼻子、手臂，身上多少有些复原的痕迹，但很蹩脚，让他想起几个博物馆董事做的糟糕整容手术。

博物馆创立早期，策展人和文物修复师不吝于给丢了鼻子的雕像安个新鼻子，或者用随便哪个找不到主人的古雕像鼻子代替。可这样做从来没成功过，因为那些零碎部位单独看完全没问题，可拼凑在一起怎么也组成不了一张像样的脸。米歇尔觉得他的董事会成员中就有几个长成了这样，他们紧绷的皮肤和刻意修复过的一些外貌特征给人不自然的感觉，就好像他们进过博物馆的修复室，在里面丢弃了肉身上一些没了也不觉得可惜的部分，只为寻回那欠缺智慧且无法重来的青春。

这些破损的缪斯和那些董事一样，尽管现在品相不佳，但依然头顶昔日美貌的光环，蒙着精致典雅的旧日时光织成的面纱。米歇尔很少承认他怀念自己逝去的俊美容颜，可这一点是明摆着的，他的一言一行多数都能体现出来。衰老像黄昏一样降临了，缓慢而不易察觉。但是他拒绝承认。他想到了卢西安·弗洛伊德[1]，那位人体画大师残忍地用画笔记录下了被衰老缠上的躯体。米歇尔不由得想，要是弗洛伊德见到了他，会怎么画他呢？

他胡思乱想着，突然意识到自己已经盯着这些身躯残破的女人看了很长时间，她们全都开始觉得不自在了。

"早跟你们说过他这人古怪吧。"一个缪斯轻声说。

---

1 卢西安·弗洛伊德（Lucian Freud，1922—2011），表现派画家，英国最伟大的当代画家之一，作品以人物画像与裸体画像居多。他的作品常常展现出人体真实的一面，如下垂的眼袋、肥胖臃肿的身躯和皱纹遍布的皮肤。

"真是变态。"另一个也压低嗓门说。

米歇尔发觉有些尴尬，叫道："埃莉——诺——！"她出现在门口，残破的女人们转身去看她，脸上的表情好像在说："快让我们离开这儿吧。"

无须多言，她立刻进入了护士的角色，陪伴着这些受伤的藏品经过了她的办公桌，经过了达夫妮的身边，回到了门厅。

"好了。"埃莉诺简短地说道。这是她说再见的方式。

达夫妮一脸困惑，她担心自己是不是犯了什么大错。埃莉诺转身面向她，开始替她张罗。"十五世纪的希腊藏品我们暂且跳过。这部分作品有些寡淡，与他的心境不符。还剩下谁？"

近代艺术馆做出了传统的选择，献上了布朗库西那没有身躯的《沉睡的缪斯》和毕加索为他的诸多缪斯创作的画像，这些画被称为"哭泣的女人"[1]。米歇尔拒绝了她们，只因为达夫妮介绍时略显迟疑。和很多男人一样，

---

1 这组画像的灵感和形象来源于毕加索的缪斯之一——活跃于法国超现实主义文化圈的摄影师、诗人和画家朵拉。与她的交往促成了毕加索艺术成就的极大飞跃。

米歇尔曾经因一个哭泣的女人而让步，但这次不会了。她们因为毕加索这位大师的哀号与悲恸只让他觉得厌烦，还让他想起了他以前的一个助理，每次那姑娘的简报被挑出错来，她都会哭上一场。

不止一个捐赠者在展厅的墙上看到自己的名字时会激动到哭泣，他们哭并非出于骄傲自豪，而是因为镌刻着他们的名字的墙实在太像墓碑了。米歇尔早就学会了，不要安慰那些有钱人。他们会付钱雇别人来安慰他们。就算是他自己的生命之路隐约要迎来终点，这使得他也开始有与那些人相似的恐惧之情，他也会保持克制。对于他的生命之书还剩下多少页就看完了，他一清二楚，就好像他手心里正捧着那本书一样。所以他放慢了看书的速度，甚至会读出声来，只为了让自己一段接一段阅读的时间更长些。

只剩下摄影馆了。该馆的创立过程伴随着不少泪水。展厅的主管是位做事果决的小个子女人，她和米歇尔起争执的时候就像穆罕默德·阿里在打乔治·福尔曼：她的策略是一开始先挨拳头，但一定会撑到米歇尔筋疲力尽。要说服大家同意将摄影作品从版画部门分出来不是件容易的事，因为它们全都被视为以纸为载体的作品。可她就是坚持，绷着劲儿面对所有异议。尽管他不认可她的意见，但他从来都佩服她的决心。

米歇尔正要喊埃莉诺，他办公室的门突然荡开，砰的一声撞在墙上。一个一丝不挂的高挑女人出现了。这位参选者身上没有零碎饰品，只脚上踩了一双毛皮衬里的高跟鞋。在一头光滑的波浪短发的衬托下，她侧脸的轮廓呈现出令人惊艳的古典美。

"你是哪个馆的？"米歇尔问，他渴望尽快了解她。她是自摩尔斯小姐之后唯一让他开口与之交谈的缪斯。

"摄影。"她的回答带着一丝法语口音，他猜是瑞典人，"梅拉·奥本海姆。被人们称作'超现实主义者的缪斯[1]'？"她说最后这句话的口气轻蔑，暗示她讨厌这个头衔，同时也说明她觉得米歇尔也许什么都不懂，不认识她是谁。

---

1 摄影师、画家雷曼以超现实主义的幻想性与不协调性为达达主义注入了新鲜血液，在他的镜头下，奥本海姆在印刷机的转轮旁赤身裸体，用墨汁作画，这张《印刷轮前的奥本海姆》塑造了奥本海姆作为巴黎超现实主义者缪斯的声誉。

她的皮肤是哑光的，表面泛着白光，让人觉得可以像剥白煮蛋一样将她的皮肤敲裂、剥下。她美得不像属于这个世界的人，周身散发着清冷的光，只有双腿间那簇深色毛发刺破了这光环。

迷人又大胆的她坐在会议桌上，将两把椅子当踏脚的地方，一只高跟鞋踩一把。然后她打开膝盖，向他充分地展示自己，上身前倾，摆出一名运动员半场休息时在更衣室里的姿势。

"要找一个缪斯，是吧？"她轻轻笑起来，言下之意这不过是小孩子的游戏罢了。她和其他缪斯不一样，她能分得清米歇尔本人和他扮演的那个戴面具的自己。

"皮毛餐具。"米歇尔赶紧说出她最出名的那件艺术品，就好像她在考他一样，"Le Déjeuner en fourrure[1]。"

"Exactement（法语：没错）。"那件物品定义了她。她开始憎恶那盏标志性的茶杯，与毕加索在咖啡馆那场

---

1 《皮毛餐具》的法语名。

异想天开的对话的产物[1]。

面对她的力量感和威胁性，米歇尔感到十分享受。她就像一轮明亮的月亮，她的到来仿佛就是为了派上用场，为了掌控局势，虽说这强势的姿态让他有点被吓到。他不需要缪斯，不需要灵感。他不需要用游戏的心态应和一名时装设计师的闹剧。他需要的是她炙热的能量取代缓缓侵蚀着他的疲惫。他需要的是其他人的力量为他带来的慰藉。

终于找到了答案，他靠在椅背上想。"妙啊，"他叹道，"真妙。"

埃莉诺凭直觉知道这场兴师动众的选美结束了。于是，她吩咐达夫妮将外面等候的缪斯送回各自的展厅或储藏室。然后，她拿起电话，准备打给穆迪·拉塞尔，她最爱的"点灯人"。米歇尔的专属射灯亮了起来。

---

1 奥本海姆二十三岁时与好友毕加索相聚于花神咖啡馆，后者评价了当时奥本海姆手上自己设计的一只皮毛包裹的黄铜色手镯："任何物品都可以用皮毛覆盖，甚至这里的盘子和杯子。"这次启发性对话发生时，朵拉也在场。借助皮毛的包裹，日用餐具成了带有强烈性爱暗示的艺术品。

肉与奶酪

"哇，万岁！你终于来了。"坐在宽大办公桌后的光头男人举起双手拍了一下，表示满意。他说话带些贵族口音，但口气友好。"你一定是来取肉的。"

"取什么？"我问，我回头看看刚刚走过的那条黑魆魆的坡道。正是通过博物馆的这条坡道，此时我才站到了这间洒满阳光的房间里。

我的眼睛逐渐适应了这里的光线，透过光头男人背后的窗户看着外面的景色。一条柱廊探入热气蒸腾的沙漠，无边无际的沙海闪着刺目的光，让人觉得眼里着了火。

"是啊。太好了。"男人没理会我的问题，自顾自地说，"亲爱的，把你身后的门关上。"他说话的同时举起手在空中轻轻一挥。"海伦！"他冲隔壁房间大喊，"一个女孩来取肉了！"

我把蓝色的房门关上，看他笨拙地在宽阔的橡木桌台上的纸堆中摸索。我留意到他那条高腰卡其裤和浅色蝶形领结上都有污渍，虽然有些不修边幅，但造型依然优雅。

屋里白色的砂浆墙上有一排挂钩，上面挂着各式各样的帽子：凉盔、平顶硬草帽、围了一圈浅丝带的草编系带帽。从磨损程度可以看得出，常常有人戴它们出去。一顶褪色的一战战役帽，宽宽的帽檐，四角对称地压着褶儿，上面用钢印压出一个名字：温洛克。

"哦，嘿——这儿呢。海——伦——！"男人又喊了一嗓子。

挂着帘子的门口出现了一个身着宽松连衣裙的女人，打扮保守，白色的棉布裙角上有和男人裤子上同样的污渍。她的头发紧贴着头皮，呈现出规整精巧的波浪。她走过来，沙子在她的系带鞋下发出嘎吱嘎吱的声音。

"什么事，赫柏？"她说。

他们俩说话吐字清晰、节奏轻快，像是来自另一个时代的人。

"哦，你好。"她看着我说，"你一定是来取肉的，不错。"

"就是啊。"赫柏回应，他还在忙着挪来挪去桌上的东西。他撑着桌子，向我探过头来，下巴朝一把木椅子抬了抬。"坐吧，怎么不坐呢？这事儿要不了一分钟。肉就在这里的某个地方放着呢。一条四千年的羔羊腿怎么会弄丢……不过我们把它，我们一定是……我们确实……嗯，总之是放在哪儿了。"

"赫柏，羔羊腿不是包在图书馆的一个纸袋里吗？"海伦问。

"是吗？"他回答，依然在文件夹和书本中翻找着什么。他的脚下传来砂砾摩擦的声音。"我记得上周我就把它放这儿了啊。"

这块古老的肉对我没什么吸引力，倒是这两个人和他们忽隐忽现的身影让人颇觉有趣，就好像他们来自一部黑白老电影。我走向角落的那把椅子坐下，听他们打趣时发出的颤音，心里犯嘀咕，不知我这是碰上了什么事。就在几分钟之前，我还在大都会艺术博物馆的地道里，那是地窖之下阴森的所在；在那儿，金属丝围成的仓储笼里装着馆里撤下来的艺术品和成箱的旧资料。一扇蓝色的门将我带进了这个沙漠边缘的房间，带到了一个绝对不是 1995 年的时空。

我是大都会发展办公室的一名助理，我在这里工作、观察；我觉得这里就好像是一处值得欣赏的自然景观。在这片以募集资金能力论英雄的栖息地中，我是等级最低的那类物种：负责接电话、跑跑腿的。平常我要么是在馆中来回穿梭，要么就是坐在凳子上。

我只在大都会工作了一年，这个地方像是一杯奇怪的鸡尾酒，酒里有充满了自信与优越感的天选之子，也有被宽容相待的怪咖；正是这一点让我觉得自己来到了应许之地。这个职位能让我发挥自己反应快、有条理的优势，为这个让我兴奋又深受安慰的地方服务。

我穿的是我祖母的旧西服套装，只不过为了符合我年轻人的形象，我将半身裙截短了，还借了一双好鞋，只在博物馆里穿。

就这样，我坐在凳子上观察、倾听、学习。想法是否可行要先"升上旗杆让大家瞧瞧"，去信落款前要加"此致敬礼"，要求得到满足被称为"人情银行的存款"。博物馆员工的语言和日常活动令我着迷，我像采集蝴蝶一样收藏他们的习惯。

他们是我的人，我想融入他们。

我们办公室有一条电话线，连着三十五部电话。所以，每当有人打过来，三十五张桌子上的这三十五部电话就会齐声响起。人人都给博物馆打电话：捐赠人、策展人、餐饮承办人，还有白宫。一整天，不断有人打电话来。我和我的同事们有条不紊地接起电话，在一张张蓝色小纸上细致而迅速地记下每一通来电，写下来电人的口信，在潦草勾画的长方框里做下即时记录。

后来，我终于逃离了喧闹的总机，因为领导让我去送"奶酪"，也就是上面有洞的黄色信封，那是大都会艺术博物馆内各部门间传递邮件的专用信封。我迈着轻快的步伐穿过博物馆，胳膊和腿瘦得就像光秃秃的树枝。就这样，我拿着黄色的信封去找男男女女，等他们签字，表示对信封里的文件的认可。

那是一个典型的星期二，我领命要去把"奶酪"送到最令人生畏的收件人手上。

"这里是迪克·特拉克纳的办公室。"苏珊接了电话，声音透着饱满的热情，和她代表的那个男人恰恰相反。

"苏珊，我是凯特，我需要特拉克纳先生在中国展览的主题墙设计文件上签名。"我说，此时的我已经紧张起来了。

"没问题！把奶酪拿给我就行。"她尖声说。

"最好别这样。不如我把奶酪带过去，然后我等你把文件拿给他签好再给我，怎么样？"

"当然可以啦！你也可以自己把奶酪给他。"

苏珊继续摆出助人为乐的姿态，但我疑心她阳光的声音背后是一张残酷的脸，这个女人就喜欢看年轻的助理和她那令人提心吊胆的上司是怎么互动的。有一小群像特拉克纳一样的大人物管理这大都会，我们所有人都对他们非常好奇。于是，他们每个人都雇了经验丰富的"守门人"，这些"守门人"戴着温和而阴险的假面，熟练地替他们维护权威。

"进去吧！"我到了之后苏珊说，她脸上那种猫一样的狡黠没有丝毫遮掩。

"现在吗？"我问。

"对啊，你说你现在就需要签字的……"她嘟囔道，就像猫愉悦地发出咕噜声。

"好吧。行。"

我走进那间著名的办公室，迪克·特拉克纳就坐在里面，背挺得笔直，用审视的目光盯着我，让人完全猜不出他的心思。他就好像盯着门看了一上午，专门为了等我到来。

我听说过这间办公室，大家说这里就像修道士的住所一样简朴，只不过多了些凶险的意味。这里没贴壁纸，没有装饰，只有一张宽大的灰色办公桌，上面只摆着一部电话和一个巨大的红色烟灰缸，这位运营部高级副总裁就坐在桌子后面。

"你好。"他说话咬字清晰却伴着呼吸声，露出满口牙齿，就好像在和一个蹒跚学步的幼童打招呼。

"早上好。"我边回答边将主题墙的设计文件从奶酪里抽出来，指给他看需要签字的地方。

我保持立正姿势俯视着他，他的光头直刺我眼底，光亮的头皮上零星冒出来几簇头发，像是一片贫瘠之地上生命力顽强的杂草。他头皮上的痘疤和皮屑让我不由得反感地眯起了眼睛。

"嗯，签好了……"他说。他悠闲地打量着设计稿，没有给签字笔盖上笔帽的意思，这一点让我备受煎熬。

"给你。字已签，章已盖，可以交差了。"

"谢谢你，特拉克纳先生。"话毕我退出房间。

"凯特。"他低声说，但他知道我听得见。

我哆嗦了一下，没想到迪克·特拉克纳知道我的名字。于是，我转身又进了他的办公室，就像我在看一部恐怖电影，决定重新听一下影片里地下室的杂音有什么玄机。

"我想请你帮个忙。你把这份设计文件放下之后，告诉利比，你得去地道取样东西。苏珊会告诉你东西在哪儿。"

"告诉利比"这种措辞似乎是个强势的指令。利比是我的上司，我从来没见过和我同级别的同事里有谁以"告诉利比"的姿态跟他说过任何事。利比才是那个告诉你该做什么，什么时候做的人，就是这样。至于地道，我知道博物馆有这种地方，但是从来没去过。

特拉克纳先生的吩咐悬在半空中，没有多加一个字。他这是有意保持含糊，只等我的回答。这个要求会惹恼利比，但是我非常肯定没人对迪克·特拉克纳说过"不"

字。员工自助餐厅流传着一个说法，说他既是 CIA，又是 FBI。

他等待着我的答复，头在缭绕的烟雾中若隐若现。

"好的，特拉克纳先生。"说着我比画了一个奇怪的手势，接近于竖起大拇指。我尴尬地意识到自己的手的位置，只好又缓缓把大拇指收了回来。

"谢谢。"他露出真诚的表情。其实看到我茫然无措和显而易见的不适，他很享受。

虽然我身着时髦的西服套装，踩着一双高跟鞋，但特拉克纳很清楚，我是在努力扮成另外一个人，一个有品位、英姿飒爽的全优生。我想证明什么，但是不知道自己到底要证明些什么。他能嗅到我强烈的好胜心和要有一番作为的渴望。

我也很高兴能入局。

苏珊用锐意马克笔在记事本上画出方向示意图，把它递给了我，微笑的样子似乎在说她知道内情。"找蓝色的门就好。"她说着再次发出猫一样的咕噜声，"祝你好运。"

我把签好字的主题墙设计文件拿回发展办公室，看到利比在他的办公室里开会，门是关着的，着实松了口气。我飞快地离开那儿，乘坐 K 区的直梯下到了一楼以下的地方。

和博物馆一派繁忙景象的地下室不同，地道一片死寂。在砖砌的拱形天花板下，这些通道伸展、盘弯成不可预测的图案，内里是各种管道和电线。我下到这儿之后一个人影都没见过。我只听到了日光灯的嗡嗡声。

我沿着苏珊的地图上画出的路线缓缓前行，经过弯弯曲曲的通风管道和流线型的建筑之下潜伏着的被"贬黜"的雕像。还有一些雕像目光向上，似乎渴望重回展馆，光照进来，在他们脸上留下一道道阴影，更突显出他们的渴望。在逐渐漫上来的昏暗之中，我越深入这混乱的通道，在这既逼仄又广阔的世界，越往下走，我越觉得自己与那些雕像有着同样的欲求。

我经过一个女人的大理石雕像，她作为一个幽灵般的幻影，实在是太有活力了。这么说是因为她身着飘逸的长袍，正大跨步地朝地道的墙壁走去。我甚至有点期待她会穿墙而入。在她身后，一群高大的中世纪人物披着厚重的塑料布，抽象的形状从阴影中突显出来。更多幽灵潜伏在暗处。

在希腊和罗马馆的仓储笼中，我看到了成架退休的古老雕像的零部件，包括鼻子、脚，它们是一个世纪前一座雕像丢失的部件的替代品。地道里尘土飞扬的宁静笼罩着我，我把大都会艺术博物馆视为往昔岁月的守门人，视为承载世界历史和它自身历史的橱柜。

我踏上地图上画的斜坡，这段斜坡通向一段更小的隧道，那里的天花板也更低。头顶上，一个黄色的标识牌上只用古体字写着一个词，"卢克索[1]"。我又往里走了二十英尺，便到了这段狭窄隧道的尽头。墙上嵌着一个门框，一扇蓝色的门。我跨了进去，完全不知道自己会一脚踏入了埃及。

"我知道在哪儿！"赫柏大叫一声，冲出房间。海伦坐在一张藤椅中，同时用余光追随着他的背影。一道沙漠之光把她照得分外耀眼。

---

1 埃及南部城镇，位于尼罗河畔。

我这一身深色的现代服装在蒸腾的热气和沙色调色板前显得格外突出。我感觉自己就像投影屏幕前的一只苍蝇：太暗，也太深了。

　　"上个星期，我们沿尼罗河顺流而下，参观了这座神庙。"海伦用她毫无抑扬顿挫的语气尝试着开始一段礼貌的对话。"赫柏！"她冲另一个房间喊道，"那座庙叫什么来着？"

　　"丹铎。"

　　"丹铎，哦对，丹铎。没错。罗马时期的。奥古斯都下令建的。我记得应该是公元前10年的事。总而言之，我弟弟博比参观时在神庙墙上刻了一个名字，就像游学旅行时的涂鸦。赫柏大发脾气！'莱昂纳多。'博比刻的是。因为好玩，他还在后面加上了时间，不是'1920年'，而是'1820年'！可逗死我了！"

　　她快速举起双手，冲着天花板翻了个白眼——表示这的的确确是件可笑的事。

　　"你回去时要走渡槽？"她突然转换了话题。

　　"走什么？"这才是我来这里之后说出的第二句话。

　　"渡槽。"她说，"博物馆下面的隧道，老克罗顿水库的水曾经就从那儿流往第四十二街。"

"对，是啊。我来时走的就是那条路。"我回答，"我觉得应该是。特拉克纳先生的办公室的苏珊给我画了一张地图，让我找蓝色的门。不知怎的，我就到了这儿，到了沙漠中。你刚才说这里是1920年？"

"是的，这是位于卢克索的大都会办事机构；底比斯古城的遗址。第一次来这儿可能会摸不着头脑，不过有这么个'本部办公室'直属的机构，所有行动都方便多了。"

海伦停顿了一下，想看我是否跟上了她的思路；结果，没等我示意，她就继续说了。"这里是大都会埃及探险队的大本营。妙极了，是不是？！我们每个挖掘季都来，从十月一直待到次年六月。从1906年J.P.摩根首次资助我们开始便如此。赫柏负责流程事务，我是绘图部的一员，主要负责用水彩记录一切。"

我知道大都会的埃及探险持续了三十年，一直延续到1936年，但是我不知道他们为什么要把这一切藏在地下室里。特拉克纳把我派到了遗失于世上但收藏于大都会的一个时空口袋里。

于是，我再一次开始观察和倾听。

海伦环顾四周，露出微笑，停顿了片刻，再次转换了话题。"很好！"她拍了拍膝盖，从椅子上站起来，"总之，我们很高兴你能来。这可真是个美差！"她的声音高得有些发颤。

"找到了。"赫柏回到门口，跟我们说。他正在用一柄扁平的宽油漆刷轻轻扫过另一只手上的东西，那似乎是一根扁平的棍子。

"给你吧。"他边说边把手心里的东西递给我，"一根有四千年历史的羔羊腿！它属于梅克特墓中持祭品的女子。她举着整整一篮肉，但不知怎的唯独落下了这条羔羊腿。"

我右手里是一个长九英寸的彩绘木块，被雕刻成了一条弯曲的畜腿，腿的末尾是一个尖尖的蹄子，看起来优雅得像芭蕾舞者的美足。彩绘畜腿有些磨损和缺口，就像一个备受主人喜爱的旧玩具，但是深红的颜色依然鲜艳厚重如初，简单渲染出了生肉的效果。蹄子之上有一个白块，上面散布着黑色斑点，好似一只袜子，用绘画的形式重现了这头牲畜被宰杀前的状态。

那一刻，我突然意识到，赫柏和我就是两个接力者，在跨越时间传递一根接力棒：公元前 2000 年，1920 年，1995 年。

"我们难道没发现吗？那东西太长了，不像是羔羊腿。"海伦插话道。

她转过身，对我补充说："我们在赶集日去找了那个屠户，把这给他看过了。他说这应该是羚羊或者鹿的腿，或者是其他部位的鹿肉。"

"哦，我知道了，我知道了。"赫柏喃喃道，"但是羔羊腿说起来更简单顺口。一般没人会去说'羚羊腿'对吧？"他看着我，就好像指望我接过话茬，但他随即又自顾自地说，"那个梅克特生前过得是真不错。他在中王国时期拥有至高无上的权力。铭文里简单把他称为'掌印人'。谁不想成为'掌印人'呢，对吧？"

我想起了迪克·特拉克纳，也许他就是现代版的"掌印人"，因为他小心谨慎地操控着馆里的人与事。

"这么说……"我最后没了声音，意味着我还有些糊涂，同时心里越来越清楚，眼下这场考验一定有一个最终目的。

"噢，是这样，要是你能把这条腿拿到上面去，交给埃及馆，让他们把它放回到雕像的篮子里。"赫柏态度随意地指挥说，"告诉他们是赫柏·温洛克送去的，他们就知道了。那尊雕像绝对是梅克特墓群里一颗闪亮的星。那本属于一对女神雕像。其中一尊拿啤酒的被埃及政府得了，我们的收获他们总是拿走一半。"

"我们得到的这尊差不多三英尺高，完好无损地穿着羽毛衣服，头上稳稳地顶着篮子，带着如此的人文……"

他想着那位有四千年历史的埃及女子，流露出渴望的神情，就好像她是他旧日的情人一样；然后他突然从遐想中回过神来，脱口而出："真棒！能把这件事做成太好了。现在就回到壕沟里去。哦，对了，你还真是得回到沟里去。你回去时要走渡槽？"

"呃，是的，先生。"我回答。

"真棒！"他重复了一遍，"走这条路从来都是最好的。见到你很开心。我其实想跟你握握手，但咱们谁都不想把那块肉再搞丢了，所以还是免了吧！"他冲我挤挤眼，抓起印着"温洛克"的帽子，再次离开了房间。

我最后望向窗外无边无际的沙漠和夺目的阳光。那里似乎有一千个工人正在翻越沙丘，就像一队蚂蚁穿过忙碌的蚁群。

但我不能在这里逗留。和他们一样，我也有事要做。

我再次穿过蓝门，走入狭窄的隧道，再次走下黑暗的斜坡。我找到了从地道去往地下室的一截楼梯，拾级而上，最后终于从一楼指挥中心冒了出来，手里还拿着那根小小的木制畜腿。

我借了纸和"奶酪"信封，在纸上写下"梅克特"，然后用这张纸裹住这根看着普通又令人费解的木腿。我又在黄色信封的收件人栏匆匆写上"埃及馆"，这才亲手把它递了出去。

"这个东西需要立即拿给多萝西娅。"我告诉埃及办公室的前台，催促她赶紧把它交给该馆的首席策展人。前台似乎无动于衷。"现在就去。"我加了一句。

迪克·特拉克纳的特殊考验在我那根羚羊腿面前似乎微不足道，但是我依然想证明自己是个能把工作搞定的职场新人。我决定假装淡定，像以往完成任务之后一样，回去坐在凳子上，不再为刚才看到的沙漠奇景多想。

就在我回到发展办公室之前，我停在了埃及展馆的丹铎神庙前。我仔细打量着它的表面，就在象形文字下方，赫然刻着"莱昂纳多1820年"几个字，带着所有涂鸦固有的潦草与机灵，带着另一个时代的轻松与幽默，那是海伦的弟弟博比跟大家开了一个玩笑。

接着，我参观了专为梅克特墓的宝藏设立的展馆，去看那个持祭品的埃及女子。她的羽毛长裙和精致的脚镯像镜子一样照出了我自己对时尚的追求。她赤脚踩在木板上，一只脚在另一只脚的前面，保持着行走的姿态；她和缓的身体曲线与她不慌不忙的步伐完美契合——与我自己紧张的步伐完全不同。

持祭品的女子脸上安详的表情更衬出了她永远波澜不惊的气质，这似乎是迎接来世最理想的姿态。她头顶上的方形篮子里装满了各种各样的肉食，不过她的手几乎没碰篮子，而是象征性地向上举着，形成一道纤细的剪影，带来了呼之欲出的优雅。我注意到自己紧张的双手。我要想拥有一份优雅，恐怕还得过上好一段时间。

就在此时，就在此地，在这个展馆中，我直视勾勒出持祭品的女子双眼的黑色墨痕，跨越千年的我们相遇了。过去与现在再次慵懒地倚靠在一处。

她送肉。

我送奶酪。

捐赠人

这批藏品意义深远，无与伦比，富有变革性的影响力：大都会为了强调它们的重要性和量级用上了每一个能用的形容词。这批私人藏品中的五十四幅油画捕捉到了艺术史上一次关键的运动：囊括了运动早期的实验性作品、遗失的作品；它们虽不全是最大牌或最大胆的，但一定都是最重要、最能体现该运动精神内核的作品。

作为油画的保管者，我们受邀参观藏品。在它们位于派克大街的整洁安静的府邸中，我们抑制不住心中的狂喜，交头接耳，赞叹声此起彼伏："品相完美，像新画的一样。"我们知道，这些油画恰巧可以填补大都会现有藏品的空缺。

这批非凡的藏品背后的男人，即捐赠人，要将它们一次性全部捐给博物馆。在最终决定由谁来接收他的艺术收藏之前，他跟每个排得上号的博物馆都接触了一遍——包括波士顿、宾夕法尼亚、华盛顿和洛杉矶的博物馆。这位精力充沛的七十岁的捐赠人工于心计，让他与各大博物馆进行私密会晤、秘密磋商的流言广为传播，吊足了每一个候选人的胃口，也紧紧抓住了他们的心。各家博物馆好似一个个充满渴望的求婚者，纷纷单膝跪地，打开戒指盒，露出亮晶晶的戒指，引用拜伦、布朗宁的诗句，比利·乔的歌词，或是其他字句，只为了能成就一场浪漫的爱情。

大都会兴致勃勃、技巧娴熟地加入了这场角逐。我们博物馆的藏品中百分之八十五都来自捐赠。我们想要这些油画，想得心痒痒的，贪婪且势在必得，就像圣诞节前夜的孩子想要一条脖子上系着大红蝴蝶结的小狗。但我们的渴望来得更迫切，因为此事利害攸关，涉及博物馆的尊严和形势。小狗只有一条，而且只有一家博物馆能在圣诞树下的礼物堆里找到它。

捐赠人的公关为所有候选博物馆都撰写了接受捐赠的新闻稿，想看看这些报道给人的观感如何。"献给国家的一份礼物"挺吸引人的。"一份震撼的惊喜"看起来也挺有意思。最终胜出的是大都会最欣赏的说法："力量的传递"。

我们得到了小狗。

一家杂志社的权威编辑想为这场捐赠仪式的报道配一张照片，让捐赠人站在博物馆中，四周围绕着他将与这个世界分享的伟大画作。拍摄这张照片的会是这家杂志社最著名的摄影师。

著名摄影师带着他的拍摄团队来到了大都会的展厅中，就好像一大群鸽子落到了一个窗台上。他们挑选拍摄地点，从场景中挪走不宜入镜的摆设，恐怕还为了让光线变得柔和调整了云朵的位置。他们进行了试拍和种种尝试，还就他们觉得要以博物馆为拍摄背景有多不可行开展了尴尬的讨论。"我们不是觉得这里丑，"他们解释说，"只是觉得不适合我们的拍摄。我们真的需要一个有质感的地方。可以去哪儿拍呢？"

他们排除了罗马大厅，因为嫌那地方"米黄色太重"。也排除了大都会艺术博物馆最初的正面墙体——这部分建筑依然可以在欧洲雕塑大厅看到，因为那里"都是砖"。他们时常神秘兮兮地提起"一段旅程"："非洲馆的展厅还不错，但是我们需要带参观者踏上一段旅程。"

"那非洲怎么样？"一名警卫嘟囔了一句，作为对他们这出"矫情戏"的回应。

他们似乎觉得博物馆把一些房间当成秘密藏起来了。他们的感觉是对的。

我们的修复工作室并不对外开放，它们根据艺术媒介划分：油画、纺织品、器具、纸品、照片、服装、武器和盔甲。其中最美的工作室就数我们的了——绘画保护工作室。二十英尺高的玻璃墙为这片洞穴一样的空间提供了由北照来的充足阳光。房间里油画林立，有的支在画架上，有的靠在墙上。巴比松画派的风景画、德国宗教祭坛画、美国肖像画、现代壁画。没有画框。我们最英勇的绘画都在这里呈现出自己赤裸的样子。

工作室的氛围十分庄重。我们默默埋头工作，只为了尽可能以外行完全无法理解的温柔手法修复这些艺术品：巩固、擦拭、熨烫、滚压。我们用棉签清洁一幅意义非凡的风景画；我们用一小撮睫毛填补一张文艺复兴时期的画板上微小的破损处；我们还从一张马蒂斯的作品上清除了一团钢笔画，那是一个无聊的学生用涂鸦的形式发泄怨气的结果。

尽管这座神圣的内殿中藏着我们脆弱的画作，但那位著名摄影师还是拿到了出入许可。这算是给捐赠人的奖励。

在一个佛像展厅中，我们领着著名摄影师的团队来到了看似平平的一道落锁的门前。我们沿着一截工业楼梯往上爬了两层楼，来到一条灰色走廊，走廊尽头发光的房间便是我们的工作室。

尽管我们一再示意保持安静，著名摄影师的团队还是发出赞叹，说这个地方"太真了""保持本色即完美"。接着便开始要求做出种种改变。于是，我们这个私密的世界受到了曝光表和讨厌的好奇心的打扰。他们量这儿量那儿，就好像在计划重新装修然后搬进来住似的。

拍照那天，摄影团队又来了，比著名摄影师本人和捐赠人都早到了几个小时。他们开始在我们那间长屋的一头做准备工作。我们不由得想象，他们成堆的器材没准儿能让这个空间翻到一边儿去。

我们不得已撂下自己的工作，只能忍受那些快速走动的外来人员的交谈。捐赠人收藏中的四幅杰作已经在拍摄位置上就位了。他们用老式的手动曲柄将照片夹在了七英尺高的木制画架上。轮子虽然便于画架移动，但是也同样使得画架容易被四处疾走的拍摄团队撞坏。

　　就在著名摄影师的场外指导下，大家布置好了灯光，也完成了试拍。我们的眼睛瞪得溜圆，只见摄影团队中走出一个身材挺拔的男人，他像维京海盗一样留着长头发，胡子邋遢，站到了之后捐赠人该站的位置上。北欧海盗的目光扫向摄像机，仿佛一个志满意得的内衣模特，正在用毫无羞耻的自负吸引镜头的聚焦。

　　我们被他不自知的状态惊着了。我们这行一直在致力于抹掉自己的存在感——尽量不在我们的工作中留下一丝"自我"的痕迹。只有我们的干预——刷新漆、描画、修补——让人看不出，且能被轻易恢复或是完全消除，我们的工作才算得上成功。

　　几个小时后，著名摄影师终于到了。她的团队围着她团团转，兴奋地谈论着这儿的光线和独一无二的拍摄地点。她就像个酷酷的老妈，和我们聊天时带着老练的友好态度，显得既亲切，又疏离。她清楚自己明星摄影师身份带来的影响，为她带来的不便也表示了些许歉意。

捐赠人非常明白时机的重要性，他才不会让自己的出场显得不合时宜。他迟到得恰到好处——就在我们都对他翘首以盼的时候，他走进了工作室，走进了此起彼伏的掌声中。他按照引导站在了他捐赠的油画旁边，就是那个北欧海盗之前站的地面标记上。

著名摄影师欢呼了一声，走上前拥抱了捐赠人，就好像这是什么千载难逢的机会。

"噢，捐赠人。"她在镜头后面轻声说，"我跟您说，此时此刻，我觉得我就应该和您，还有这些画一起出现在这个房间里，没有别的地方比这里更合适了。"她说"您"比说"这些画"发音要重得多，这是为了提升对方的自我意识，好让他在镜头下展现出她想要的样子。

捐赠人用他标志性的歌舞剧式的口吻回答："嘿，小姐，这儿所有人做的都是一件事，那就是让一切看起来很棒。"他咧嘴一笑，挤挤眼，像是在说"咱们是一伙儿的"。

"我知道这一套，"他继续说，"肩膀后收，胸背挺直！"

他喊出这两句话，然后快速摆出了国王和将军的姿态。眼下就好像有一台造风机开动了，正冲着他瘪下去的腮帮子吹，还抽打着他余下的几绺头发。

"噢，捐赠人，您可真专业！"著名摄影师继续哄他。

捐赠人知道，他胸前两点之间绷出的直线一定会让整个房间的气氛活跃起来，会让我们全都带着新鲜谈资下班回家。说真的，这不就是整件事的目的吗？只要我们下班时把关于他的故事也一道带回家，不是把故事留在这个房间里，而是让故事流传出去，传遍世界，直到永远，他的目的就达成了。

哎呀，我们把今天的故事一次又一次地讲给别人听，讲上好多年，这才是重点！每当这个故事被讲出来，人们就会感觉像是吃到了生日蛋糕和棒棒糖。我们每讲一次，都会让这故事变得更大更丰富，我们会美化它，像吹气球一样将它吹胀——对捐赠人也一样——直到它马上就要爆掉。

拍摄工作十分高效，时间长度刚巧让这活儿显得有技术含量。捐赠人和著名摄影师一起离开了，他们一定是另找地方继续去谈笑风生了。我们则留下来收拾工作室，让它恢复平静的状态。

最后，我们回到各自的凳子上坐下，再次埋首于我们各自的精细工作。但我们都有了变化，就在我们用轻柔的打圈动作清理油画的时候，一句话在我们脑海里反复回响。

肩膀后收，胸背挺直。我们想着这句话，一遍又一遍。

我们重新调整姿势，直起躯干，就好像我们的肩膀上和头顶上有绳子拽着一样。我们的脖子前探，后背微驼。

肩膀后收，胸背挺直。

我们看看头顶上高挂的萨金特的《X夫人像》——我们正准备修复画上的清漆涂层，接着我们又把视线移向普吕东的"塔列朗"和马奈笔下致敬的斗牛士；这些画就放在周围。他们也听说过捐赠人，也许是那天的事，也许是很久之前的事。这些年来，不同的捐赠人来了又去，全都一个模子刻出来的。

肩膀后收，胸背挺直。

这张牌他们每个人都会打——纹丝不动地拗造型，

等着我们回家把他们的故事讲给大家听。

慢慢地，我们在不知不觉中开始了新尝试。我们的脊柱一点点直了起来，胸膛也一点点挺了起来，我们开始允许自己在工作中闪现出些许的自我，保留像雨滴一样零星的存在感。只那么一瞬间，一眨眼的工夫，我们披上了熹微般的荣光，变得没那么轻易被忽略，变得需要稍稍费力才能抹掉。

肩膀后收，胸背挺直。

夜间行动

　　亨利·拉迪什当保安的头几个月，每个星期四的早晨，他都会在一家叫"琼浆"的当地餐厅和同为保安的前女友马伊拉吃早餐。日复一日，马伊拉对他的感情似乎越来越淡漠。她是个柔弱女子，按照拉迪什来自英国的母亲的说法，她长了一副"犹太人的面孔"，有着苍白的皮肤，深色的卷发。

　　他们都是新一代大都会艺术博物馆安保队伍的一员，正在慢慢取代几十年来博物馆招募到的退休人员。招募新标准要求所有保安必须有大学学历，所以原来九百人的安保队伍就有了一些变动。这条标准剔除了队伍里的老油子和像赌场捎客一样膀大腰圆的家伙，招进来一些表演艺术家、剧作家、音乐家和电子游戏设计师。马伊拉是个有抱负的歌手，从前还表演过默剧。

　　拉迪什常常在带着上西区美式自信的马伊拉面前自

惭形秽，但是每当她错把"毫无意义"说成"毫无意思"，把"难解之谜"说成"难揭之谜"，他都觉得自己搭上了一只优越感的救生筏。

一天早晨，他告诉她，他找到了一间租金管制公寓。"亨利，"她说，"你就在你的幸运中撒欢打滚吧。"

他微微一笑，咂咂嘴——这是他逐渐培养出的一个习惯，算是纠正她措辞失误的替代动作。应该说纵情拥抱，他想，应该说纵情拥抱你的幸运。如果他系着大都会的领带，他一定会低下头，把它翻折一下，以免与她有视线接触。

拉迪什瘦高个儿，顶着一蓬深色的头发，长着一双浅色的眸子，虽不算非常帅气，但起码有些回头率。他的母亲一直教导他，保持体形是有教养的表现；因此，他不仅拥有一副骨感的身材，还随之生出了独特的虚荣心。

拉迪什和马伊拉住在一起，因为他喜欢性爱，又很难在白天找到可以做爱的伙伴。马伊拉可以陪他一起上夜班，也能满足他的生理欲望；所以说，这段关系虽然没有多少激情，但至少给他带来了便利。有一回，她赤身裸体，像表演默剧一样假装用一根绳子将他拉近，那可能就是他们的关系中最令人兴奋的时刻了。

一次，夜班刚刚开始，他和马伊拉就偷偷躲进了教育中心的储物柜，想快活一下就赶紧离开。但他们没想到，那天晚上乐器部要举行一场音乐会，而他们选中的储物柜里面正放着要献给指挥的玫瑰花。

结果，乐器部那个较真儿的管理员妮娜·比尔波尔发现了他们；但她丝毫回避的意思都没有，径直把手伸进柜子，从他们纠缠在一起的肉体上伸过去，抓住了花瓶。"该死，但愿花没被糟蹋了。"她甩下这么一句就关门离开了。

第二天，一封备忘录邮件流传开了：

大都会艺术博物馆跨部门备忘录

收件人：运营部高级副总裁，理查德·M.特拉克纳

发件人：乐器部主管，菲利普·彼得森·利特尔

主题：尤里斯储物柜

1994 年 4 月 27 日

昨晚为慈善音乐会做准备期间，我部成员撞见一对赤身裸体的情侣在尤里斯会议室的一个储物柜里发生关系。当然了，我们音乐人早就对这类失检行为见怪不怪，甚至愿意为年轻人的这份热情喝彩；但是如果博物馆鼓励大家将储物柜作此用，那么就应当给柜门安装锁具，使其可以由内反锁，以免不知情的闯入者陷入窘境。有意使用储物柜的员工也应当事先查看排期表，以免时间安排有冲突。

抄送：保安部经理，布鲁诺·帕克

这封邮件没有收到任何反响，也没有指出这对情侣的身份。在月度运营报告会上，布鲁诺·帕克再次提起这件事，用了"同事间的深入交流"这样的说法，会上有的人听后尴尬地咯咯笑出声来，但是他很快就结束了这个话题，只是建议大家在"工作场所之外"进行这样的活动。

拉迪什听说有一个高级职员安排他的情妇和宠物狗住进了博物馆的一座艺术品仓库，事情败露后，这个职员却没有被解雇。他怀疑占用了美国馆一间厨房的就是这个人，因为这人要在午餐时睡他的秘书，睡完了还需要冲洗。无论这个陌生人的故事是真是假，它都缓解了拉迪什的焦虑，让他不再那么担心自己在博物馆的工作朝不保夕。

接下来的几个星期，他始终保持低调，每天晚上早早就到指挥中心接受夜班岗位安排，而且他发现自己做"安保"工作时会紧张地眯起眼睛，样子有点滑稽。

"你最喜欢的艺术品是哪一件？"有一天，吃早餐的时候马伊拉问道，还没等拉迪什回答她就先说了自己的答案，"我特爱埃及人雕的玉唇，特慵懒，你觉得呢？"拉迪什一开始还以为她说的是"迷人"，但很快便想起来说话的是谁。这些时刻逐渐变成了他的游戏——搞清楚她真正想表达的意思的游戏。可这一次，他拿不准了。

"亨利。亨利？"马伊拉招呼他，"你到底有没有听我说话啊？"

"哦，抱歉。"他急忙说，"我只是在思考你的问题。我不知道。从整座博物馆里选一样最爱实在太难了，不过，让我想想……"他犹豫了一下，"我最喜欢的可能是布卢门撒尔中庭的亚当雕像。他仿佛有真正的魔力。"

"真没劲。"马伊拉失望地说，"他动作太僵硬，而且拿苹果的姿势看起来有点像同性恋。"

"可是，亲爱的，不管怎么说，他是亚当啊。"拉迪什故作活泼地回应道，"关于他的故事里本来就有那个水果。"

"这种对英雄男性裸体的迷恋，"她坚定地宣称，"不过是男权统治的又一个例子而已。另外，别叫我亲爱的。"

拉迪什把领带翻折了一下，挖了满满一勺炒鸡蛋放进嘴里，这是为了不必答话。

"你有没有过这种感觉，那些艺术品好像，嗯，好像要与你沟通？"拉迪什咽下鸡蛋，问道。

"什么？"马伊拉说。

"比如说你正看着博物馆里的某个展品，你会突然生出一种感觉，就是那种连你自己平时都不太明白的感觉，你懂吗？"他继续解释。

"具体说说呢？"马伊拉扬起一边眉毛，表示怀疑。

"这么说吧，走近《华盛顿横渡特拉华河》那幅油画时，你有没有过冰冷的感觉？或者说当你靠近伊斯兰陈列室中画着巨大蝙蝠的十八世纪印度水彩画，你会不会感觉到一阵风吹过，就像那蝙蝠在扑扇翅膀？"拉迪什清楚自己无法吸引马伊拉的注意，但他还是弄平了皱巴巴的裤子。

"没有，亨利，我没有过那种感觉。"她露出假笑，"你说这种话真是神经错乱。"

拉迪什没提，他还能听见横渡特拉华河时华盛顿的小船上那些小伙子的抱怨呢。"这主意可真糟糕。"战士们咕哝着，听见这些的拉迪什在一旁瑟瑟发抖。

"这样啊。也是。我只是……只是觉得这些油画太伟大了。它们有种力量……"拉迪什结结巴巴地说。他站起来，把衬衫塞进裤子里——自从他们坐下吃饭开始，他这已经是第三次塞衬衫了。"我们差不多该走了。"他用这句话结束了对话。

拉迪什的整洁让他在保安队伍中显得与众不同。他从来都不喜欢皱皱巴巴的衣服。他的博物馆制服是人造面料做的，机洗也不会造成一点褶皱，更何况他还始终精心细致地打理那套制服。他可能是唯一抱怨大都会的洗衣服务的保安了，他嫌弃他们没有熨烫衬衫，而只是通过浆洗让衬衫变得硬挺。

有时候，拉迪什会去参观那些欧洲绘画陈列室，欣赏荷兰肖像画里像纸张一样的领子。画里的人都一副愁容，但是让人颇感拘束的脖领反射出银光，就好像他们本身在发光。每每看着这些人僵硬的姿势和噘起的嘴，拉迪什就感觉那虔诚劲儿化为一张张无比紧绷的人皮，将他们牢牢裹住。

早餐时他想解释给马伊拉听的是他有种古怪的能力，能让大都会的艺术品中的情感传递到自己灵魂深处。他对这些展品的感知与一般的策展人或参观者不同，他有身临其境的感觉。

不只是虔诚与寒冷的天气那么简单。拉迪什能感到提埃波罗笔下凯旋的罗马将军马略傲立于马车上的昂扬气势，好像那个人就是他自己。看到大卫的《苏格拉底之死》，他感到悲恸万分，仿佛苏格拉底大口咽下毒药的时候，他自己就站在那间屋子里。看到洛伦佐·巴尔托里尼的《德米多夫桌雕》上睡意昏沉的人物，他几乎要瘫倒在地，仿佛喝了安眠药，整个人都要失去知觉了。

就在那天早晨之前，拉迪什从未起过讨论这个现象的念头。因为这种"挪用"艺术品感受的能力是失控的，既让他感到害怕，又对他是一种心理支撑：马伊拉、曼哈顿、他的母亲……于他皆是如此。

此外，他也确实想知道，卡波尔的"乌戈利诺"在思考该吃掉哪个子孙时，其他人能听见乌戈利诺的呜咽吗？他们能听到尼尼微的亚述人之门周围的人群喧闹声吗？能听到中世纪大厅里有虔诚的圣歌声吗？

拉迪什是几年前第一次来纽约玩时发现大都会的，那次旅行是他的美国祖母送给他的二十一岁礼物。他第一次登上这座博物馆的台阶，走进一层大厅，然后产生了一种奇怪的冲动——他想立即去二层，之后他便站在了一张拍摄于十九世纪末的卡斯蒂廖内伯爵夫人的照片前。照片里，她以侧脸面对镜头，只露出一只眼，透过她拿着的椭圆形天鹅绒框望向镜头。

拉迪什从未见过这张照片，之前也不知道它的存在，但是有种拉力不由分说地带他穿过一间间陈列室，就像有个小孩拽着他向某样闪光且招摇的东西走去。

"欢迎。"拉迪什仿佛看到了说话人，他感觉这话出自一个骄纵的美丽女子之口，这女子拥有用百无聊赖的口气说话的特权。他不觉得这声招呼突兀；相反，它更像是一种伤感的致敬，是在欢迎占据了他大部分生命的遥远梦想。他想起了他的士兵玩具——他还是个孩子的时候，会小心翼翼地将那些士兵摆在他母亲的花园里。那时候，他会花上好几个小时的时间模仿微弱而绝望的呼号，那是他想象中真正的士兵会因为恐惧和危险发出的声音。

拉迪什站在原地，盯着照片中的伯爵夫人，因为认出她就是说话人，心里顿时一阵轻松，就好像终于在一通外语中听到了一个熟悉的词。

这是一个开始。

"这回你都负责去哪些馆巡夜？"马伊拉问道，当时他们正站在地下室，准备开始上班。

"希腊和罗马馆、中世纪馆，然后是美国艺术展馆、布卢门撒尔。"

"哎哟哟，真不错，这下你可以和你的亚当小朋友好好相处了。"马伊拉奚落道。

拉迪什没问她去哪儿值夜，但其实他是想知道的。尽管她喜欢对他揶揄嘲讽，但他对她的爱慕不减当初，这可能是因为他对她的肉欲，也可能是因为他没多少恋爱经验，或者说二者皆有。

"一会儿见。"他道别后就沿着灰色的过道走远了。在这块有四个街区长的迷宫般错综复杂的地方，头顶上满是各种管道和线路，脚底下则是空空的板条箱，间或会冒出用来给艺术品打包和打造支架的年代久远的工作间。黄色的标识牌上写着："艺术品运送优先。"

每天晚上拉迪什到岗的时候大多数员工都已经离开了。他上夜班意味着会错过白天五点半最后一次清场——当班的保安将逐一走遍整座博物馆的全部九百六十二个陈列室，确保没有人员逗留其中。马伊拉见过一次那阵仗，她形容说保安"无处不在"，他们从四面涌入，就好像一楼大厅进驻了一支部队。

拉迪什会从地下室开始，选一段楼梯，拾级而上，来到展室所在的那一层，在许许多多隐蔽的门中，挑一扇推进去，走入他视为"一场大秀"的光明之处。他经常选择从丹铎神庙附近的楼梯间进入展区，映入眼帘的是整面墙的窗格和窗格前宏伟的庙宇，以及古老的历史遗迹与现代生活和中央公园的人流车流之间的碰撞。

还有的时候，他会选择走1880年的博物馆原建筑楼梯通道，那里依然挂着写着"通往展馆"的标识牌，牌子上还有一个镀金的箭头，指向上方。通过那段楼梯他可以到达中世纪大厅，欣赏那里承载着信仰与崇拜的、闪闪发光的圣骨匣；有人说那里面装的是抹大拉的马利亚的一颗牙，牙齿嵌在水晶石里，水晶石镶在金槽里，就好像牙医把他拔的最完美的一颗牙留作纪念一样。拉迪什每次看到那东西都会感到牙龈剧烈抽搐。

拉迪什喜欢他瘦长的影子从幕后踱出的那一瞬间，他似乎立即被夜里博物馆静谧的环境包围了。参观者都走了之后，展厅便切换成另一种氛围，仿佛有一场浓雾弥漫开来。寂静中似乎迸出一种迥然不同的能量，让这一件件艺术品得以放松、呼吸。

那天夜里，拉迪什在中世纪大厅巡视，正好瞧见马伊拉穿过柱廊往武器和盔甲馆走，便追了上去。

"我哥哥以前喜欢这类玩意儿。"他走近的时候，她开口说道。她扫视了一圈整个房间，"我想大概每个男孩到了一定年龄都会喜欢的吧。"

拉迪什几乎没听见她说什么。对他而言，此时耳畔回荡的是金属撞击的声音、战吼声、临死的哀号声，随之飘来的还有尸体烧焦的气味，被踩躏过的肉体的气味。与此同时，仪仗甲唱起铿锵有力的战歌，一群狂热分子围着它发出阵阵咆哮，就像一出张力十足的歌剧。

"什么？"拉迪什说话的声音太大了，就好像他们是在摇滚现场聊天一样。他的话回荡在博物馆中，在玻璃展示柜和石墙之间盘桓。

"你说话为什么要吼？"她的音量只比耳语大一点。尽管他们身边空无一人，她还是觉得有些尴尬。

"抱歉。"他回答，但这次声音还是很大，"我们快走吧。"

拉迪什把马伊拉拉进了意大利装饰艺术馆，这里的环境对他来说没那么嘈杂。

"接下来你去哪儿巡逻？我到了休息时间，可以送你过去。"拉迪什殷勤地问，他知道监视器正盯着他们的一举一动。

"我现在得去近现代艺术馆了。"马伊拉回答。拉迪什似乎有点紧张。现代艺术比较复杂，有时初看之下觉得那种拘泥于形式的表现技法略显冷淡呆板，但紧接着，死亡与衰朽翻腾着奔涌而来，让人完全招架不住。罗斯科的油画《No.13》[1]就能让他震撼到拜倒在地。因此，他学会了尽量避开那个区域。

"好。"他说，"我们可以顺道去看看雷夫·波维瑞的画像。如果你还对我心目中最佳艺术品的排名感兴趣的话，我可以告诉你，那算是我第二喜欢的艺术品。"

"那个大土豆似的男人？"马伊拉尖声说，"你认真的吗？我是想说，我爱卢西安·弗洛伊德的作品，你说的那幅画也是一件伟大的作品，但一个体格巨大的肥胖裸男坐在板凳上，这有什么美感可言呢？"

拉迪什皱起眉头。他常常能从卢西安·弗洛伊德给

---

1 马克·罗斯科（Mark Rothko，1903—1970），二十世纪美国抽象主义运动代表人物，《No.13》是"复合形式"创作阶段中的一幅，橙黄色背景上的矩形相互流动，半透明的色块里似乎隐隐透出灿烂的光，明暗、冷暖交融一体，营造出神秘之感。

波维瑞画的裸体画中找到强烈的诗意。那张六英尺的画布几乎放不下画中人物硕大的身子；人物向前倾着身子，看起来疲倦而迟钝，只留给参观者一个背影。拉迪什爱的是画中令人昏昏欲睡的氛围，让他觉得那像是一个孤独的拥抱。

"怎么说呢？"他有些泄气地说，"那幅画有时候会让我感到安慰。"

"你有没有注意到，你特别喜欢的艺术作品都是裸男？"马伊拉笑着打趣他道，"要不是我经常和你睡觉，我肯定会以为你是个同性恋。"

"好吧，看来我只有不断证明自己了。"他也微微一笑，轻轻用胳膊肘推了她一下。

他的休息时间只剩下最后十分钟了，于是他在近现代艺术展馆和马伊拉道了别，往楼上走去。刚刚受到了马伊拉的冷嘲热讽，他感觉自己十分缺乏安全感，但他知道只需要去看看布隆齐诺那幅十六世纪的油画《年轻男子的肖像》，他就能把安全感找回来。画中人略带傲慢的凝视让拉迪什恢复了往常的神气劲儿，就好像刚刚浇了水的盆栽。

他回到自己该去巡视的美国艺术展馆；就是在那里，他发现了一幅创作于1828年的微型画像。这幅画还没他的手掌大，上面只有画家优雅的胸部，仿佛蚕丝窝里光华流淌的一对儿圆润珍珠。那是画家为另娶他人的情人所作之画。这件小小的杰作将他卷进了画家的欲望漩涡中。她的妒火令他胯下一紧，晕头转向，深觉要不是有这幅作品，这间装满了传统肖像画的陈列室实在是平淡无奇。

"你在看什么？"马伊拉从他身后冒出来，瞥了一眼陈列盒，哑然失笑。他羞怯地转过身来，她注意到了他胯下的凸起。"天哪！"她惊呼，"你勃起了？"

要是在早些日子，拉迪什一定会拉着马伊拉找一个储物柜钻进去，让因那幅画燃起的欲火得以释放；但这次他没有，相反，他选择去看华盛顿的那条起义之船上的小伙子，浇灭了自己的欲火。马伊拉则跟在他身后，大笑不止。

"不赖啊，我的朋友，我想我们又发现了一件你最喜爱的艺术品。"她开玩笑说。

后来，马伊拉开始厌弃拉迪什，拉迪什却总会带着一腔柔情回忆那天晚上的情形。只过了三个星期，拉迪什这个沉默寡言的小伙子和马伊拉这个爱作的姑娘便吵了一架，分手也随之而来。

"亨利，我不喜欢和胳膊比我的还细的男人做爱。"她抱怨说，"我的治疗师说那不利于我形成健康的身体意象。"

"亲爱的，你的胳膊很可爱，无论粗细都不影响你对我的吸引力。"拉迪什回答，声音里带着年轻人特有的慌乱，还带着一种可怜的拘束。

"别再那么叫我了！什么样的男人还会在二十多岁的时候这么说话呀？亲爱的——听着好像你是什么老电影里的人物。"

拉迪什又气又急。他父亲就老用"亲爱的"这个称呼，而且很管用。好吧，他还是应该更直接，用更美国的方式来说话。

"也许我就喜欢你那胖嘟嘟的胳膊呢？"在这句话的末尾，他扬起声调，但说出口马上就后悔了。

他伸手拉住她的胳膊，但她立即挣开了。"胖嘟嘟？

亨利，反正现在这是个毫无意思的问题。"她步步紧逼，
"就这样吧。"

"意义"，他在心里头默默纠正道，是"毫无意义"。
她还是更适合当个哑剧演员，他想。

没有马伊拉陪伴的夜实在漫长难熬，拉迪什就像磨
牙玩具掉到沙发下面的一条小狗，沮丧得要命。马伊拉
主动要求调换成白班，在那之后他只见过她一面，当时
她从早班车上下来，从八十四号街的入口走进了博物馆。

拉迪什上夜班时经过公元前三世纪的伊特鲁里亚人
用于比赛的双轮马车，领略到昔日这辆车风驰电掣的荣
光，顿觉心中郁结的孤独感消散了许多。不过，大多数
时候，他还是喜欢去看柯罗的油画《信》中那个瘫软地
坐在椅子上的女人，因为压垮画中人的那种心碎让他有
同病相怜的感觉。

在拉迪什最低谷的时刻，他努力靠着自己的虚荣心
站起来，他知道博物馆里所有能照出人影的地方：玻璃
门廊、日本屏风的展示柜、孟塞尔展厅的大幅照片，这
些都能完整地照出人影——赖特斯曼时期的展厅还能照

出重复的人影。他还知道十八世纪的法国是如何以微弱的烛光和烟熏玻璃让他产生良好感觉的。

只可惜，曾经可以万无一失地填满他虚荣心的这顿大餐这次没能满足他。

在希腊和罗马馆中，他开始拿自己结实的身材与馆里理想化的裸体艺术品做比较。街灯的影子斜斜地投进与第五大道相邻的希腊艺术品陈列室，拉迪什从一个影子跳到下一个影子上，为了模仿每个雕像的样子，摆出各种姿态。

他又在安格哈德庭院中再现了这段舞蹈，在美国的雕塑之间转腾跳跃。他先模仿的是金色狩猎女神戴安娜，单脚站立，保持平衡，摆出拉弓的姿态；然后，他又变身忧郁的海华沙，小腿叠放侧坐着，轻抚下颌，陷入深思。

安保室里的监视器捕捉到了他的这支舞，但是拉迪什已经不在乎了。早就有流言说他和传说中的储物柜风流之事脱不开干系，让他获得了一个大胆神秘的名声。像这样的故事他根本甩不掉。每一天，这故事都会在员工自助餐厅的热菜档口前进化出更多版本，增加更多细节。

大卫是一名三十三岁的资深保安，镶了颗金牙，有饶舌歌星身上那种酷劲儿。有一天，大卫在员工自助餐厅把拉迪什拦下，告诉他他成了岗亭里的话题人物。

　　"哥们儿，你太牛了。"一大早，大卫隔着咖啡推车小声说。拉迪什环顾四周，不知道他是在说谁，但是只瞧见了一幅安静的画面——中世纪馆的策展人正在一言不发地读一本名为《圣战、殉教和恐怖行动》的书，桌上放着她的麦片粥。

　　"呃，谢谢。"拉迪什回答。

　　"继续干，哥们儿，别停。"大卫说完微微一笑，走开了，刚巧从那个天使般的中世纪研究家旁边经过。

　　另一个保安竟然向他致以友谊的问候，这令他颇为振奋，但他依然想念马伊拉，依然因为第一次心碎而承受着一种钝钝的刺痛，也依然反复回想自己对她的胳膊做出的评价，感觉那句话当时应该是让她难堪至极，仿佛挨了一记重拳。他还想着该怎么才能把她追回来。

　　拉迪什的精神支柱是亚当——那座文艺复兴时期的大理石雕像，他曾经告诉马伊拉那是他的最爱。

　　"你好啊，帅哥。"每天晚上他都会这样跟亚当打招呼。亚当位于布卢门撒尔中庭，那是一处十六世纪西班牙建筑的双层建筑遗迹，以二十世纪四十年代将其捐赠给博物馆的人命名。

亚当和其他的艺术品不同，拉迪什始终能感受到这座雕像的欲望，倒不是针对那个苹果的欲望，而是针对另外某种乐事的欲望。感觉有点像饥饿，但比饥饿更加迫切。

雕像和保安，二者都有一种经久不变、来自心底的痛苦。

就在盯着亚当的裸体看的时候，拉迪什灵光一现，他只需要让自己的胳膊比马伊拉的粗就行了！巨大的臂膀，他想，壮硕的肌肉臂。亚当没有这样的双臂，但拉迪什可以有。像充了气似的、有男子汉气概的胳膊，一屈臂就能鼓出线条来的、像动作片英雄那样的胳膊。他没去想这两条雄赳赳、气昂昂的胳膊配上他瘦长的身材是什么样，想必应该像游泳课上的超龄学员把超大号的双翼式浮水袋穿在身上一样。

拉迪什觉得这个突如其来的主意简单可行，一时间脑子里就只剩下这个想法了。他像被一种强烈的感情击中了，等再次回过神来，他发现自己已经迫不及待地要实施这个新计划了。他的目光在展厅中来回游走，就好像计划的第一步就藏在这儿一样。同时他也在快速地踱来踱去，想要找到一个方向。

俯卧撑，他想，俯卧撑。

他为这个新主意兴奋不已，冲动得想立刻付诸实践，这种心情幼稚得不同寻常。但是他需要隐私。在摄像头下学雕塑摆姿势是一回事，穿着熨烫平整的制服做运动又是另外一回事了。拉迪什看看布卢门撒尔中庭边上通往楼梯间的那扇门，如果非要挑个地方健身，也就是那儿了。

他溜进那处有限的空间，沉重的大门在他身后关闭，他就此置身于荧光灯的明亮光线下。他站定扫了一眼，找到一个大小正合适的楼梯平台；那儿没有监视器能看到他即将要做的事。

楼梯的扶手很宽，是搭放制服的理想搁架。于是，他熟练而认真地将那套合成纤维布料的衣服叠了起来。他的裤子僵硬地挂在像日式折纸一样平整的夹克和上过浆的衬衫旁，领带仍然穿在系扣领里。

拉迪什开始在这个私密的小隔间里做运动，一次接一次陡然向下，力度越来越大，就好像他在争取一个难以企及的奖杯。他的前额开始冒汗，这恰恰证明他提前把衣服脱掉是明智之举。

他试验性地做了一个单手俯卧撑，虽然稍后很可能产生了灾难性的后果，导致挫伤，可拉迪什依然没有放弃。他想象这次运动能立刻让他瘦弱的胳膊鼓起来。

到时候，马伊拉就能重回他的怀抱了。

十分钟后，他感觉亚当的方向传来一股焦虑，一阵疼痛感汹涌逼近楼梯间的门。他犹豫了一秒，然后决定不予理会，继续沉迷于他的新计划。

拉迪什首先注意到的不是声音，而是影子。他保持着俯卧撑的姿势，瞧见身前有一个人的双肩与头的形状的黑影投在地板上。

拉迪什抬眼去看，只见楼梯平台上方的台阶上是布鲁诺·帕克那双厚重的黑色鞋子。于是，在他领导的注视下，拉迪什跳了起来，像是没做好战斗准备的超级英雄，但其实他是个只穿着内裤的、瘦巴巴的保安而已。

接下来，他一阵忙活，就好像在和自己的衣服摔跤一样，衣服向他还击并且赢了他。

从头到脚都皱皱巴巴的。

帕克扬起一边眉毛，摇摇头，转身上楼了。

隔着紧闭的门，拉迪什依稀听到一声巨响；与此同时，他感到双腿剧痛，跌倒在地板上，一时间动弹不得。他感觉到了亚当的痛苦，不由得担心那尊雕像的安危。拉迪什的头枕在楼梯平台上，懊悔不已，就好像头和身体分离了一样。他突然想到了马伊拉；眼下这事儿肯定可以算作"难揭之谜"。

拉迪什想利索点，把衬衣下摆塞进裤子里，假装刚才领导看到的那一幕没有发生过，他之前的感觉也只是一场梦。他的夜间行动归于沉寂，而现实——带着它所有的褶皱、折痕和无情的局限性——如今降临在他身上，让他痛苦不堪。

这意味着某样事情终结，也意味着一切的破碎。

夹层女孩

　　大家管她们叫"夹层女孩"。在发展部夹层办公室工作的那些年轻女人，彼此之间似乎没什么区别。

　　派对前的晚上，她们正在接受培训。

　　这是社会名流的时代，抹着发胶、戴着贵重珠宝的有钱女人聚在这里。正式的晚会意味着女人们会着长礼服出席；穿过大厅时，她们拖地的裙摆会发出窸窸窣窣的声音，那也是钱花出去的声音。

　　还有三十分钟宾客们就要到了，夹层女孩在认真听维妮·沃森的指导，她的声音在空旷的大厅中流淌，传来嗡嗡的回声，就好像一个芭蕾舞老师在教动作。

　　"手臂前伸，与地面平行，手掌向上，转身。"她说，"再——来——一遍。手臂前伸，与地面平行，手掌向上，转身。"

　　维妮是博物馆的一名志愿者，之前也是夹层女孩的一员，她反复演示这个有些笨拙的动作，是想教会大家如何在不用手指的情况下以优雅的姿势给人指路。这个动作开始要让两边的肘部紧紧贴在腰际，小臂放的位置就好像准备要接住一个沉甸甸的箱子似的。"转身"是让人转动上半身，整个躯干要转向客人想去的地方。

夹层女孩一边跟着她做动作，一边互换着狐疑的眼神。

"这是什么玩意儿？"其中一个对此嗤之以鼻。夹层女孩喜欢说粗话，但仅限她们内部交流时。

维妮穿的是一件单肩长礼服，双臂像练过网球一样紧致，但衣裙边缘还是溢出一圈肉来。虽说她教大家指引来宾入场的权利不知从何而来，但她的祖辈是随"五月花"号踏上美洲大陆的，这一点毋庸置疑。她的母亲是伊顿家族的后裔，父亲则来自富勒家族，因为三观合拍才走到了一起，但家族人丁并不兴旺。

终于，有一位客人摇摇晃晃地出现在大都会的门廊中，突然打断了维妮的这堂课。夹层女孩这才高兴起来："谢天谢地！"

那天晚上，宴会常客进入博物馆，迎接他们的是一片缩微版的墓地：一张长桌上间隔均匀地摆放着几百封信，信封与名片差不多大小，按照字母顺序排列，一封信对应一名宾客，这些下面铺着的是一张深色的亚麻台布。这些崭新的白色长信封以半开的封盖为支撑，立在那里，前侧是有人细心亲手书写的宾客姓名，里面塞的是写着桌号的纸条。总之，这张桌子整体看上去特别像是给老鼠准备的阿灵顿国家公墓。

这张桌面墓园的奇景还配有一套仪式。穿着考究的夹层女孩会为每个走入博物馆的人快速找到他们的卡片，不慌不忙但效率奇高地将卡片递给大家："晚上好，阿斯特女士，请拿好您的座位卡。"

随着来的客人越来越多，女孩们寻找和分发卡片的节奏也快了起来，大家为了实现清空桌子这个最终目标，胳膊肘不免总是撞在一起，场面一度演变成竞赛。后来，有位客人不得不自行去取自己的卡片，这个失误让迎宾的女孩们一下子陷入了沮丧。成功意味着整个墓地的消失，或者说有点像亡灵归来——每个客人都拿到微型墓碑一样的卡片，消解它们的存在。只是，有些卡片注定要整晚都留在桌子上，像是承载着缅怀之情的纪念品，纪念那些终究没能出席的客人。

"我觉得好无聊啊。真是无聊透了。你无聊吗？"他们都听见了莱纳德·海福林太太问这个问题，可她其实没有在问任何人，只是自言自语罢了。她本就是个没什么耐心的人，上了年纪，她的这份不耐烦就更加突出了；岁月似乎为她缓缓刷上了一层又一层孤独的外漆。她刚刚走进大厅便开始焦虑地扫视整个空间，就好像在搜寻一只走丢的猫。

"哦，亲爱的，你应该明白，这样的晚会确实需要一点时间才能融入。"睿智的威尔明顿太太听见她的嘀咕之后说了这么一句。她给出意见的样子就好像在挥手赶走一只慢悠悠地嗡嗡绕圈的苍蝇。"我听说今年的拍卖规模史无前例，赶紧喝口香槟，准备举手竞拍吧。"

这些话全是出自威尔明顿太太之口。她边说边从海福林太太身边经过，继续往前走，生怕她们之间发展出真正的对话。要是威尔明顿太太说完之后能径直飞走，那就再好不过了。

一名博物馆董事的妻子朝海福林太太走过去，她就像一个长得有点着急的女童子军。托韦太太向来不太适合穿晚礼服；就算已经到了六十七岁，她长得还是像颁奖夜的曲棍球明星，头发用一根条形发夹固定在一侧太阳穴旁，手在不断地调整晚会随身包的那根长长的皮带，就好像她背的是装满了书的双肩书包。

她像动画里的人物一样夸张地吻了一下自己的手心，然后将那只手按在海福林太太的脸颊上，又额外用力推了一下。这是礼节性的一吻，又像是扇了对方一巴掌。这是她标志性的举动。海福林太太气得发抖，但夹层女孩都喜欢托韦太太那种原生态的活力。

"很高兴见到你！"托韦太太像机关枪一样突突了一句，"竞拍好戏又要上演了！哈！棒！回见！"还没等海福林太太回答，她就拦住了她下一个"受害者"。

如果这是一条社交的河流，人人都航行顺利，那么海福林太太就像是遇上了一块石头，搁浅了，旁人都打着旋儿绕过她。她的目光快速扫过大厅，神态茫然，一只手不自觉地按在胸前，摸着她那身晚礼服上点缀成圈的奢华的红宝石。这能让大家看到她的身家，她一言不发便可亮明身份——虽然身在对她有排斥之意的人群，但她的的确确和他们是一类人。

每到这时，夹层女孩都能清清楚楚地猜到，海福林太太一定是在想她已故的丈夫。她们也想念他。莱纳德是个逗趣的人，喜爱交际，正好反衬出他太太的冷淡。多年来，他的魅力乐观逐渐化作一张闪闪发亮的面具，把遇到的每个人都拉进他充满戏谑和愉悦的气场里，好似在组织一场快活的游行。"看到是你们在张罗事儿，我太开心了！"夹层女孩接过他的大衣或者告诉他座位号的时候，他会这样对她们表示感谢。她们喜欢他的关注，喜欢他能大胆地打破平常的沉默，哪怕他只是认可女孩们在某些小事上起到了作用。

"海福林太太！"林迪·加里森向这位小老太太走过去，她招招手，那股热情劲儿暴露了她的野心。

夹层女孩都知道，林迪不擅宴请宾客的名声从去年开始就传了出来，当时她举办了一场三十人的晚宴，结果宴席才进行到一半，招待们就走光了。虽然她对伙食承办方的吩咐十分细致，但终究忘了让他们在关于加班的附加合同上签字。当晚大厨烤脆皮大比目鱼的时间过长，所以员工们就按照他们事先约定好的时间下班了。

晚宴结束时，灌了一肚子葡萄酒的加里森先生坐在主卧的床边上，弹着他的木吉他，情深意切地给来宾们献上了一首《答案在风中飘扬》。

对年轻的林迪来说，这次参加晚会对她来说将是一次艰难的社交回归。

“林迪。”海福林太太用一种不温不火的态度招呼道，这在林迪看来是一种进步，“我挺想和你聊聊天的，可我看见一个希腊和罗马馆的人，我必须得去找那人谈谈关于一座石棺的事。”

就在这时，一朵玫瑰从大厅的四个壁龛之一的一个大花架子上掉了下来。林迪看到了，噘起嘴来，也许是意识到自己也可能面临着同样的命运。

一个夹层女孩注意到了那支掉下来的花，便像回旋镖一样迅速将这朵任性的玫瑰捡起来，放回去，随即又回到了自己的岗位上，好似网球场上的捡球员。发展办公室把他们的“捡球员”训练成了忍者。夹层女孩能像一阵风似的穿过展厅，在落下的叉子触地之前将它寻回。

甚至有传言称，日本天皇到访时曾短暂地被困在电梯里，当时有个夹层女孩竟然在坏掉的电梯轿厢下方将其顶住了，宛若穿着高跟鞋的阿特拉斯[1]，而电梯就是她的天。

大都会的风格就像一杯鸡尾酒，有欧洲的优雅，也有新教徒的克制；这种风格约束着晚会的每一个元素，从个性化的座位分配到为一位上了年纪的董事悄悄占用一把椅子，再找来博物馆的馆长陪同，这些都是风格使然。凋零的花朵可不符合这种风格。

大厅里就处处体现着这种鸡尾酒的格调，身着皮草的一对对夫妇围在服务台周围——现在的服务台改造成了圆形吧台，数名招待站在里面为大家提供酒水。灯光调暗了，数百盏祈愿蜡烛分散摆在宽阔的台阶上，仿佛构成了一方私密的夜空，供眼下存在于大厅洞穴般广阔空间的男男女女欣赏：这些人有着不俗的声誉和善良的品质，有的人至中年，有的年纪还要略长，一个个志满意得，或是因为含着金汤匙出生，或是因为凭后天努力

---

1 希腊神话里的擎天神，属于泰坦族。他被宙斯降罪来用双肩支撑苍天。

取得了一定的财富成就，总之这些因素自然而然地促使他们来到了这里，坐在了镀金竹子样式的小椅子上。大都会艺术博物馆将它的支持者召集至此，为了筹集资金购置藏品而举办了这场慈善活动，感觉就像一场一年一度的舞会。

赖特斯曼太太出现在入口，夹层女孩们仿佛听见了狗哨的猎犬，条件反射似的将目光齐齐锁定她，同时赶紧将自己的礼服打理平整。她是收藏家中的收藏家，捐赠人中的捐赠人，女王中的女王。赖特斯曼太太就像王室成员一样，根本不需要关注；更确切地说，她想避免别人的关注。

夹层女孩像一支极尽克制的沉默之师，注视着大都会的馆长米歇尔·拉鲁斯三步并作两步，赶到门口去迎接这位博物馆最重要的董事。她说话的声音透着瓷器般的精致劲儿，和她弱柳扶风般的纤细身材相得益彰。二人一见面就直奔主题，谈起了正事。

"米歇尔，我是和丹尼·斯维尔宾格一起来的，我鼓励他捐出他的收藏。"她聊起了众所周知的弗拉戈纳尔[1] 油画作品收藏家，言语中满是自信。

然后她略做停顿，幽默又淘气地补充了一句："我可还在为咱们博物馆的发展鞠躬尽瘁呢。"

"那是，那是，您可是我们的英雄。"米歇尔微微一笑，轻轻挽住她的胳膊。他看到她出现总算松了口气，也成功获得了她的关注。这意味着他可以不必理会其他人了。

锣声响彻大厅。夹层女孩们再次进入响应状态，在三三两两聚在一起的人群中快速穿梭，礼貌地请他们移驾用餐。达夫妮是发展办公室的老员工，她温和又谨慎地走近在罗马馆附近聊天的几个人。

"抱歉，大家现在可否移驾去丹铎神庙用餐……"她尝试用维妮发明的只移动上半身来指示方向的法子告诉他们埃及馆在哪儿，但又觉得自己像个背部有毛病的芭比娃娃。

伦道夫太太没有理会达夫妮的提醒，而是扭过脸来，

---

1 让·奥诺雷·弗拉戈纳尔（Jean Honoré Fragonard，1732—1806），法国洛可可风格画家。

用慢吞吞、懒洋洋的腔调问她："这位年轻姑娘，告诉我你是怎么想的，毕加索和布拉克[1]，他们俩作为艺术家谁更出色？吉姆认为巴勃罗[2]只不过更会推销而已。"

达夫妮犹豫了一下，为这计划之外的对话感到稍稍紧张，但很快就认真地给出了答案："人们分不清两位艺术家的作品的那个时期岂不是历史上最有趣的时期？想当年，他们俩携手发展立体主义，作品风格别无二致，多有意思啊。"

伦道夫夫人挑起一边眉毛，沉吟不语。达夫妮慌了，以为自己说错话了。"我喜欢你！"伦道夫夫人轻快地说，"你不仅聪明，而且赏心悦目。"她夸奖了穿着蓝色礼裙的达夫妮，还颇带赞许之意地上手摆弄了一下那裙子，就好像在帮达夫妮摘线头。

古老的丹铎神庙坐落在尼罗河畔，光芒四射，让人眼花缭乱，就像一家夜总会。四周波光粼粼的水面上，

---

1 乔治·布拉克（Georges Braque，1882—1963），法国画家，1914年，他与毕加索共同发起立体主义绘画运动。

2 毕加索的姓氏。

神庙的倒影让这景致更显璀璨。环绕神庙的平台上是三十二张桌子，桌子上满满当当地压着鲜花、瓷器、玻璃器皿和银质餐具。一架钢琴演奏出无尽的乐曲，乐声在神庙上空飘飘荡荡。

一个学过考古的夹层女孩陷入了沉思，她在想，对于这样一个需要奢靡浩大的场面充门面的群体，一个以筹款拍卖的形式进行仪式性公共祭祀的群体，其他人会怎么看呢？她低头看到每个座位上放的小宣传册，想起之前听说今年博物馆为了鼓励人们在拍卖会上出价准备了几款特别的套餐。

当晚，庄重威严的董事长巴恩利太太声称，要想办一场成功的慈善拍卖会，得知道"男人是新兴的消费力量"；当时，很多夹层女孩也在现场。晚上的拍卖品似乎证实了她对这话真正含义的猜测。

大都会艺术博物馆慈善拍卖

1999 年 10 月 4 日

长矛骑士套餐

拿起武器，全副武装，来参加人人都喜欢的中央公园马背长矛比武吧。所有装备和道具由武器和盔甲部提供。本套餐包含纪念视频一份。

枪林弹雨

马上逞英豪不是你的菜？我们还有其他武器供你探索。不如在博物馆的地下射击场试几轮？事后您可以保留靶纸，给朋友们看看您的杀伤力。

像埃及人一样告别人间

给"米尔顿大叔"[1]带上他最喜欢的零食，让他微笑着前往来世。埃及馆的工作人员知道保存遗体的所有古老秘密。让我们看看他们能带来什么现代殡葬无法给予的终极个人关怀。

让我们荡起双桨

在中央公园的湖中，坐在非洲馆的独木舟里，目送其他小船从您身边驶过。世界各处的冒险，尽在我们的后院。

夹层女孩看到海福林太太愁眉不展地向她的桌子走

---

1 美国电影喜剧演员米尔顿·伯利的昵称。

去。她们还留意到，一个胡子精心修过的陌生男人正站在她座位的旁边，好像是在等她。他留着浓密的络腮胡，不仅两腮覆盖着胡子，鼻子下面也有两撇胡子，与海象神似。另外，他的脖子到下唇之间似乎刮出了一条两英寸宽的飞机跑道。这让他的下巴看起来像一个光溜溜的小屁股。

"女士们，看看这是谁。"一个夹层女孩说，"人人都爱的混蛋。"她们已经习惯了在举办这些活动时看到雅各布·罗杰斯[1]的幽灵来嘲弄、调戏宾客。

"老海福林今晚算是棋逢对手了。"达夫妮应了一声，目光始终放在罗杰斯身上。

所有的夹层女孩都知道罗杰斯。这位蒸汽机车大亨自从1901年去世之后就从未停止过对大都会的影响。当时，他做了一件令人震惊的事，将全部遗产都赠给了博物馆。这笔六百万美元的馈赠对博物馆方面来说无异于中了彩票，于是博物馆就开始大手笔地收购艺术品——

---

1 雅各布·S.罗杰斯（Jacob S. Rogers，1824—1901），美国商人，去世后，他将自己的大部分财产遗赠给了大都会艺术博物馆，此后博物馆成立罗杰斯基金继续收购艺术品。

凡·高、勃鲁盖尔的油画，希腊花瓶，数以千计的杰作。

　　同时，罗杰斯也是个富有传奇色彩的混蛋。在他自己的讣告里，就有"一个纯粹的动物性的人"这样的描述。他常常在博物馆的正式晚宴上现身，就好像感恩节家庭聚餐时不请自来的一个令人难为情的叔叔。就像每个家庭都会做的一样，所有夹层女孩都会努力降低他的出现为整个活动带来的损害。

　　"我不喜欢和不认识的人待在一起。"海福林太太落座时突然说了这么一句，就好像在做自我介绍。

　　"是吧。"罗杰斯以令人赞叹的绅士态度附和道，同时习惯性地帮她把椅子拉了出来。

　　"我年纪大了，经历的也多，实在是不想勉为其难和一个陌生人共度一个晚上。"她继续道。现在她是在仰头大声说话，因为罗杰斯依然站着。

　　罗杰斯那身厚重的羊毛晚礼服看起来像一件落满灰尘的剧院戏服，她正满腹狐疑地盯着衣服看呢。她还注意到他的身体虚实不定，时而清晰到触手可及，时而又像是根本不存在；她把眼前捉摸不定的身影归因于当晚专门为活动设计的戏剧性灯光效果。聚光灯不对称地打在展厅中，为神庙的小径添上了一道道阴影，在陈列室的地板上投下一个个明亮的圆圈。

"对此我简直不能更同意了，夫人。"罗杰斯简短而敷衍的附和让她有些恼火。

"我跟您说，在这座城市里，人们对待单身女士就像对待帮佣那样随意。您瞧，眼下我不就被他们安排和一些没什么身份的人坐在一起了？"

罗杰斯听到这样的刻薄话也没有退避的意思；海福林太太确实遇上了对手。"没错，我也不过是一个单身绅士罢了。这一点上我们半斤八两。"

海福林太太得意地笑了，再次像寻猫似的环视四周，她的眼珠转来转去，目光轻捷地掠过展厅。

"我干吗要费事来参加这种活动呢？"她咕哝了一句。她面前的盘子上放着拍卖品的清单，她扁着嘴过了一遍，满脸写着嫌弃。

"这个地方已经失去了它昔日的尊贵。"她喃喃自语——这次依然不是在跟哪个具体的人说话。

夹层女孩想，不知道海福林太太如此不悦是不是因为她无法在马背长矛比武中或射击场上得到好处。在纽约，要是你加入的圈子和你不对路，那财富再多，对你来说也不过是累赘，所以很多仪式都要求人们不仅要献出金钱，还要参与其中。不过，跳上马背、全力冲刺、把对手戳得腹脏外流，或者举枪一通暴力猛射、用子弹把目标打成碎片……啊，这些活动或许正巧可以让她释放压抑已久的愤怒和憎恶。

海福林太太似乎没有注意到，她桌上的其他客人陆续就座了。幸运的是，坐在她两边的客人没来，座位都空着；罗杰斯又把她和桌子对面的六位客人隔开了。夹层女孩开始琢磨，不知道能不能找到其他客人来补缺，但她们深知，即便把这任务交给最有绅士派头的外交家，他也会觉得这是块烫手的山芋。

"算了吧。"她们决定放弃补缺，还是密切观察海福林太太这桌的情况好了。

晚宴的头盘上桌，罗杰斯和海福林太太始终保持着绝对的沉默。她继续在椅子上前后晃悠，不时伸长脖子，打量其他桌子，看别人都被安排和什么讨人喜欢的人坐在一起。就连林迪·加里森都是和一位来自亚洲馆的策展人挨着坐的。

头盘是三文鱼慕斯，下方衬以黄瓜片，上方点缀以鱼子酱。罗杰斯把慕斯刮掉，将三文鱼吞下肚，然后用刀叉笨拙地将黄瓜片挖起来，送到嘴边。在做这番古怪的操作时，他的餐刀在手里滑了一下，一大片圆圆的黄瓜斜斜地飞了出去。一个夹层女孩飞速伸出一条胳膊，中途拦截了黄瓜片，不然它就要敲到一个富豪的后脑勺了。只不过有粒小种子飞进了喷了定型喷雾的发卷中，趴在那儿活像从网上垂下来的蜘蛛。

大家用完头盘之后，拍卖开始了。主槌的是一位佳士得的拍卖师，他几乎认识在场的所有人。据说他手上有上东区每一处可能会出售的住宅的图纸，他会在晚宴和招待会的间隙于人满为患的盥洗室中对这类住宅估价，并且在餐巾纸上写下潦草的笔记，还会跟踪每座住宅未来的投资收益潜力。

他很快就开始主持第一个项目的拍卖——长矛骑士套餐。这个项目吸引大家稳步参与竞标，轻松地达到了七十五万美元。当价格接近一百万美元时，竞拍者的举牌势头弱了下来。拍卖师不慌不忙地换了个路数，开始宣传该套餐的纪念视频。他指了指身后幕墙上闪动的投影：那是一段上了年岁的黑白影像，上面是博物馆工作人员身着藏品中的盔甲在中央公园骑着马用长矛决斗的画面。

"在二十世纪早期，博物馆的董事爱德华·哈克尼斯动用他在好莱坞的一些关系为大都会的埃及探险队弄来了一台电影摄影机，"拍卖师讲述道，"淡季的时候，这台摄影机就能送来纽约，供博物馆的员工使用。大家也看到了，员工们非常有创意。"

"大家伙儿，这可是一生仅此一次的机会。刚才是不是有人叫价一百万？"他补充说。

"一亿一千二百万！"罗杰斯不耐烦地高声喊道，声音中带着一丝老派的僵硬，只是稍稍收敛了一些英国口音。他说话的语音语调十分正式，听起来像是一个过于热情的业余爱好者在登台演出。

夹层女孩全都翻起了白眼。

"现在他又开始给拍卖捣乱了。"其中一个女孩咬牙切齿地说。

"我敢打赌，这个数字是他最初捐给博物馆那笔资金现在的价值。"另一个女孩插话道。她把双臂抱在胸前，摇了摇头。

海福林太太突然转向她旁边的这个人，瞪大眼睛，一脸震惊，就好像她终于找到了她找了一晚上的那只猫，只不过她发现那猫坐拥一亿一千二百万美元。罗杰斯靠在椅背上，被流水般的光线扫过，眼下看起来就像一块浑浊的镜子中的人影。她觉得自己伸手都能穿过他的身体。

议论声顿时如涟漪般地荡开，整个会场上的人都惊呆了。困惑的拍卖师都没怎么正经倒数就敲下了槌子，急着敲定这笔买卖。

"一亿一千二百万美元成交，此项由二十三号桌这位非常慷慨的绅士拍得！"他高喊。

困惑与犹豫的掌声爆发了。几乎就在同一时刻，一个怒气冲冲的夹层女孩出现在罗杰斯身侧，她知道自己必须陪着他一起把这出戏演下去。

"先生，请问您的姓名是？"她礼貌地问道，笔尖就静静悬在她的写字板上。

人群突然静了下来，他们都想好好听听是怎么回事。

有钱人就是特别有好奇心。偶尔打破这种安静的只有人们把椅子往罗杰斯那桌的方向挪动时发出的刮擦地板声，大家都在等待他的回答。

"在下雅各布·S.罗杰斯。"他用强调的口吻说，为了效果故意停顿了一下，然后才继续说，"来自新泽西州帕特森市的玫瑰坪。"

"新泽西州帕特森市？"一片沉默中，海福林惊叫道，现在知道她被安排坐在一个来自新泽西州的人旁边，更觉得自己被怠慢了，"怎么能有人来自新泽西州的帕特森市呢？！"

展厅里的人更加困惑了。有人听说过雅各布·罗杰斯的名字，开始小声询问身边的人，这种交流串成了一条实时的八卦链条，议论声越来越大，大家的探讨也越来越热烈。

罗杰斯对混乱的场面和他激怒夹层女孩的事实感到非常满意；于是，他将着两腮上浓密的胡须，从椅子上站起来，迈步穿过展厅。客人们一声不吭地看着他从桌子之间走过。

从神庙的平台上往下走了几级台阶之后，他径直穿过陈列室的墙壁，消失在一团闪着微光的尘云之中。夹层女孩听见他离开的时候还在窃笑。

"这个混蛋。"她们嘟囔着。

人群再次炸了锅，冒出了更多的问题。

"这种人就这德行！"海福林太太火冒三丈地大喊，她伸长脖子满脸狐疑地扫视她那张桌子，好像她要找的猫又走失了。

然后她猛地哆嗦了一下，脸上的肌肉突然松弛下来。看来，她终于消化了罗杰斯古怪的现身和消失；如果罗杰斯是一个幽灵，那么也许她的丈夫莱纳德也在这个展厅里。

她的眉毛弯成两道柔和的弧线，让眼眶显得没那么凹陷了。她原本严厉地抿着的嘴唇松弛下来，流露出怀有希望和期待的神色。她脸上一扫阴霾，端端正正地坐着，像个年轻的女子坐在镀金的椅子上，等待什么人邀请她共舞一曲。她再次环顾整个展厅，只是这次她紧张得几乎喘不过气来，想到莱纳德可能就在近旁，她的心跳得越来越快。

当莱纳德·海福林的一只手落在他妻子的肩膀上时，

她所有的义愤和气恼都烟消云散了。她深吸一口气，如释重负，漂浮般站起身拥向他，重新振作起来。

在闹哄哄、乱纷纷的人群中，海福林夫妇摇摆着，跳起回忆与安慰的华尔兹。一道光像锥形的帐篷一样笼住他们，光束中亮晶晶的纤尘也在围着他们舞蹈。就这样，他们在地板上明亮的光圈中翩翩起舞。莱纳德像之前的罗杰斯一样隐隐发着光，似乎并非来自俗世，而且有种让人捉摸不透的朦胧感。海福林太太像个孩子一样紧紧抓着他身后的晚礼服，拼命想把他留住。

"我不喜欢和不认识的人待在一起。"海福林太太呢喃着。这次，她不像是在抱怨，倒像是一次告白。她把头埋在莱纳德的胸口，终于说出了真心话："我想，你是我这辈子唯一真正认识的人。"

他笑了——那有如花儿绽放的乐观笑容总能击穿她的绝望。他把她揽得更紧些，安慰她说："我知道，"他的声音像水一样清澈透亮，她的脸对着过往岁月，"我知道。"

在米歇尔那桌上，赖特斯曼太太沉静地坐在座位上，让罗杰斯引起的小规模骚乱和海福林夫妇二人迷住了。

在扫过的光柱中，她看上去就像大都会里智慧女神雅典娜的大理石头像，创作时间是公元前 2 世纪末，1912 年博物馆以罗杰斯基金购得。

失　物

"早上好，先生。"沃尔特愉快地打了声招呼，他手上的活儿没停，还在继续用铲子和扫帚清理大都会外面的台阶。"您今天来得可真够早的。或许是我来晚了？"

尽管才见过几天，但沃尔特已经能认出梅尔文了，他还感觉有些不对劲。他通常只对别人释放善意，不会随意评判什么。梅尔文既不是游客，也不是博物馆的员工，像是个无所事事的本地人。他总是坐在靠近顶部的楼梯上，挨着大门右侧。沃尔特每次打扫都从这里开始，一直清理到台阶下的人行道。

"你一定是在偷懒。"梅尔文说，"我都来这儿等了你好几个小时了，你才开始打扫。别忘了扫我刚刚掉的芝麻。"

梅尔文露出微笑，沃尔特一看就明白他是在开玩笑。梅尔文禁不住想，做这样一份有着直接而清晰的目标的工作是怎样的呢？管理员的岗位上肯定没什么办公室政治，有的只是具体的任务：干一天活儿，领一天的工钱。不过，或许管理员之间也会为了排班争论不休？或许他们遇上刮下黏了很久的口香糖这种事儿也会相互推诿？或许他们会为了抢最好用的那把扫帚唇枪舌剑？

"好吧，那我最好动作麻利点！"沃尔特回答，说着开始滑稽地加速来回移动他的扫帚。

梅尔文哈哈大笑，然后继续吃他的百吉饼，一口将饼扯开，湿哒哒的奶油芝士从侧面溢出来，沉甸甸地落进一个纸袋子里。他不管不顾地大口吃着，奋力向前探着身子，以免弄脏他裹在大肚子上的外衣和领带。

三只鸽子开始啄他掉的芝麻，脖子一下下用力地起伏。过了一分钟，梅尔文伸出一条腿，想踢走那几只肥鸟。结果鸟儿们为了兜回去吃那些难得的芝麻，只肯贴着地面、沿着石阶扑打翅膀，活像几只破掉的风筝。梅尔文则不断重复这个循环，一次次伸出腿驱赶鸽子，一次次观察鸽子固执又愚蠢地兜回来。

"你是在骚扰我的手下吗？"沃尔特在十级台阶下喊道，"你知道吗，它们可团结了。"

"是啊，它们似乎确实喜欢抱团儿。"梅尔文应道，他话里似乎有羡慕的成分，"你知道吗，等它们吃完了芝麻，恐怕要在我脑袋顶上拉屎呢。"

梅尔文是从五天前开始在大都会门前的台阶上"扎营"的，那时候他刚刚被老板解雇。他坐在这片庄严的石阶上，既有隐身的感觉，又有暴露的感觉。

在那套灰色西装里面，他一直穿着陪伴他走过二十二年工作生涯的制服，那是1977年他为了参加纽约城市大学毕业典礼买的，价格便宜得惊人。

他的小脑袋从他那身白色衬衫中探出来，活像一只上了岁数的乌龟：下巴的斜面向上延伸，连着那张看起来别别扭扭的嘴，明显突出并耷拉下来的薄薄的上唇让他的嘴看起来欠缺视觉上的平衡感。再往上是他的塌鼻梁，像坎坷的河床似的一直延续到饱满的额头；接着是他的秃顶，这块光溜溜的头皮从脑袋顶铺到了后脑勺，最后终结于后脖颈上厚厚的肉褶子。

现在时间还早，将近上午七点半，但他还是要和往常一样离开公寓，只为了在他的门房面前保持体面。他无法想象一个生活节奏完全被打乱的世界。后来，作为一个失业的中年男人，他养成了新的习惯，博物馆便是他为自己找的蜗牛壳，一种体面又美好的掩饰，正好可以将行动迟缓、橡胶一样绵软的自己遮盖起来。

梅尔文将破旧的公文包立着靠在身侧。这个鼓鼓囊囊的包由搭扣扣着，表面的皮子因为主人上千次搭乘地铁的剐蹭磨损得厉害，也有不少裂纹。从事保险这行的人总会随身带着一些文件，那是他做保险买卖的附件。现在这个用旧了的包里装的全是白纸，目的是保持包的重量，因为每当这一天的"工作"结束，他回家时，门房都会执意帮他把公文包拿到电梯口——这项服务只在住户给圣诞节小费前几个月提供。那些白纸让梅尔文忐忑得感觉胃直往下坠。

在梅尔文位于第三大道的出租屋所在的大楼中，所谓的门房穿的不是一般守门人的工作服，而是一件厚重的涤纶外套，肩膀上还装饰着三道杠，让人觉得他们只是站在门边上的路人，而非那栋大楼的门房。大楼的物业员工少得可怜，他们在岗时都穿那种外套，只不过因为他们身材不同，衣服的大小也不尽相同。其实，梅尔文心里明白得很，这些门房是唯一让他有存在感的人。

"嘿，"梅尔文冲沃尔特喊道，"你叫什么名字？"

沃尔特走上台阶，郑重其事地向梅尔文伸出一只手。他手臂的肌肉像是雕刻出来的，线条清晰，感觉很结实；动作从容而稳健，既表现出了他的自信，又让对方感到心理舒适。

"我叫沃尔特，"他说，"沃尔特·豪。"

梅尔文握了握他的手。"我叫梅尔文。梅尔文·布莱克曼。"这番自我介绍将他作为老销售的本能点燃了，但想到已经失业，这火苗又很快熄灭了。

"很高兴认识你，梅尔文。"沃尔特转身回去继续清扫台阶，但是梅尔文打断了他。

"嘿，沃尔特，"他说，"你知道这座建筑怎么老也完不了工吗？那堆石头是干什么用的？"

梅尔文抬头望着博物馆外立面那些柱子上方的四堆石头，觉得它们就像哪个孩子玩了一半就厌倦地抛在那儿的石块。显然，它们不只是些用来堆塔的粗石块儿那么简单。

"这么说吧，"沃尔特回答，他谈到自己上班的这家博物馆语气中满是自豪，"我之前也问过，他们说设计这座建筑的那个人本想在柱子上立四尊代表历史不同时期的雕塑。第一尊应该代表古代，最后一尊应该代表现代，但是我不记得中间两尊的说法了。我猜这么设计是想告诉大家，博物馆里收藏的艺术品都可以归在这四类里。"他停顿了一下，抬头去看，"但是他们后来没钱了，就一直没实现这个设计。"

"这种事也是有的。"梅尔文冷冷地说，然后又接着思考他自己的两难境地了。今天他本该去失业办公室报道，算是首次公开承认自己没有工作。

"是啊。"沃尔特回答，"我倒是还挺喜欢没有完工的样子。想到这个老地方有待修葺，感觉还不错。"

说完沃尔特继续扫他的地，梅尔文则开始琢磨大都会里的所有藏品是怎么被分为四类的。生与死，肯定得有表现这个主题的艺术品。还有性、金钱、权力、战争、宗教、爱，他想怎么把这些元素体现在四尊雕塑上——生与死、性与爱、战争与宗教、权力与金钱。肯定有艺术家可以创作四尊雕塑，把它们全都囊括进去。

也许是因为这番思考，也许是因为他无法鼓起勇气去失业办公室，不管是什么原因吧，那一天，梅尔文感觉博物馆的内部在召唤他。他以前也进去看过，一次是学校组织大家去参观埃及馆，还有一次是和精算部一个胖胖的小个子姑娘来此约会——那次约会糟糕透了；总之，自从他在大都会门前的台阶上放逐自己以来，他还没到里面看过。

于是，梅尔文一边等待大都会向公众开放，一边看着博物馆广场上人们循环往复的活动：一个食品摊小贩为了做热狗，正从椭圆形的喷水池中舀水，他卖小吃的车子上覆盖着美国国旗，还挂有残疾老兵的牌子；几个玛丽蒙特高中的问题女孩身着改小了的校服，横穿第五大道，走在去学校的路上，她们裙子下面光着腿，脚步轻快，聊着八卦，其中一个把口香糖吐在了地上；一位华尔街银行家穿着价格不菲的英式皮鞋，一脚踩在黏黏糊糊的粉色口香糖上，脚底带着那玩意儿钻进了停在第八十二街的出租车；一对男女在尴尬地道别，他们显然昨晚有过一场约会，男的还未彻底摆脱宿醉，想要找借口赶紧溜掉，女的穿着打扮未免过于隆重，一副恋恋不舍的样子；与他们相映成趣的是附近正在交配的两只老鼠，一只骑在另一只背上，似乎在模仿几个小时前纵情缠绵的那对男女；激动的游客们应该是忘了按照当下的时区校准时间，大都会还没开门就来了，但来早的他们至少见识了货真价实的纽约老鼠，所以感到兴奋新奇；一个快递员像超级英雄一样穿着弹力紧身衣，骑在被绑带裹得活像一具木乃伊的自行车上，在大道上疾驰，而后跳上路沿，避开了一辆要停下接华尔街银行家的出租车；一个流浪汉拖着一个高高的木十字架往南边的公园入口走去，他还举着一个硬纸板做的标语牌，上面写着："他要来了。你准备好了吗？"流浪汉朝一个扮成哥特风格的高中生要了根烟，高中生递给他，他小心翼翼地拖着十字架、举着标语牌，同时还拿着烟，像演杂技一样保持着平衡，恐怕就连耶稣本人都没遇到过这样的挑战；公园大道上走着一名遛狗的主妇，她身穿棉服，脚蹬一双比利时乐福鞋，头顶花椰菜一样的发型，体重几乎和她遛的那条灵缇一样轻，气质之优雅也和它不相上下；还有一个走路笨拙又僵硬的老头儿，他抓着助行架拖着步子往前走，就好像是在朝着死亡本身前行一样；他的护士跟在他身边，似乎对由她照顾的那个行动迟缓且大小便失禁的对象并不在意；再就是沃尔特了，他的身影在九月末的阳光下显得格外清晰，他认真清扫的样子就好像这片广场其实是他自己家的前廊。

生与死、性与爱、战争与宗教、权力与金钱。不仅仅是在大都会门内啊，梅尔文陷入了沉思，坐在大都会门前的台阶上就能看到这些。

到了九点半，博物馆终于向公众开放了。梅尔文笨手笨脚地从台阶上站起来，把皱巴巴的百吉饼包装袋和空空的咖啡杯扔进垃圾桶，第一个走进了博物馆的大门。他和失业办公室预约的时间是十二点半，所以他有充足的参观时间。

博物馆大厅以它宏伟的气势和夺目的光彩迎接了梅尔文，他感觉自己就像走进了一颗巨大的钻石。梅尔文立刻受到了冲击，因为光线充足的博物馆内部让他感觉自己比坐在台阶上时还渺小。在高耸的穹顶之下，他的存在感似乎更低了，而他很高兴在这个包罗万象的大仓库里成为不甚重要的存在。

至于梅尔文自己家，里面不管什么时候都光线昏暗，让人懒懒提不起精神。透过窗子往下看是一条小巷子，景致单调且死气沉沉。到了晚上，窗外隔着通风竖井能看到的就只是对面邻居家厨房里一成不变的灯光。他的公寓有两间屋子，没配置什么家具摆设，只有一张笨重的沙发、一台老电视、一张旧床单，还有前任租客挂在墙上的一幅沃霍尔的汤罐头。

对梅尔文来说，这一切都无关紧要。他一周七天都要去上班，工作就是他长时间待在那舒适的格子间中的借口。他住在第三大道一千五百七十七号有十七年了，在此期间，没有一个客人去过他家。每每看到电视上播犯罪剧，他都会想房间里的灰尘中有他自己的 DNA，孤零零的 DNA，没有其他人的。

他走到售票台前，从口袋里掏出一美元——他清楚，随便捐一点钱就能得到代表获准进入博物馆的徽章[1]。他把那枚金属徽章别在西服翻领上，那一点蓝绿色点缀在浅褐色的西服布料上，显得生机盎然，让他感觉自己好

---

[1] 大都会艺术博物馆的门票采用捐赠制，游客可自由选择为自己的游览付出多少钱，捐赠后即会获得一只圆形小徽章作为当天的门票，每天的徽章颜色都不同。

像是赢得了一枚勋章。一种莫名其妙的归属感席卷了他的心。

他的计划是走一条笔直的路线，朝着中央的楼梯走去，让自己深入这座建筑的腹地，只盼能找到指引他展开这次旅程的宝贝。他蹑手蹑脚地沿着楼梯北侧前行，尽管步子迈得大，但身子东摇西晃的，这种步态似乎是为他那双又短又粗的腿和歪歪扭扭的姿势专门备下的；如果把他比喻成飘来荡去的一叶扁舟，那么他拿的公文包就相当于给他压舱的重物。

迎面而来的是一幅巨大的地板马赛克残片：上面戴着珠宝首饰的女人长着一双棕色的大眼睛，显得极富同情心，并且清楚参观者正在直勾勾地看她。他走过亮闪闪的拜占庭圣餐杯和早期基督教徒佩戴的精致纯金饰品，停下来去看像漫画一样画着大卫故事的一套银盘。其中包括大卫和哥利亚、狮子搏斗的场景，盘子上的大卫身着飘逸的披风，但表情被手艺人做简化处理了，让这位英雄看起来就像出自中学生之手的涂鸦。

然后，他缓步而行，从糖果色的玻璃花窗前经过，朝着将中世纪大厅一分为二的西班牙大门走去。大厅本身位于博物馆的中心位置，像是一条巨鲸的肺部。大厅两侧的拱门好似撑起鲸鱼胸腔的肋骨，间距之宽足以让古老的庞然大物畅快呼出很久以前吸入的空气，稳妥地继续存在于世。

梅尔文心想，世上不计其数的珍宝、悠久厚重的历史、美味可口的精神食粮，还有每个参观者的热忱与惋惜，都被这座博物馆吸了进去，可它却从未将这口"气"呼出来过。他将这里的石墙视为可以穿透的屏障，让时间的粒子能够永不停歇地渗入墙壁的表面。

承受所有其他人的破事儿可真够累的，他想。他是忽然想到公寓橱柜和地板上铺的味道刺鼻的油毡布，那玩意儿完全没有吸收力，粘在上面的任何东西都只能停留在它的表面，就像在他的生活上笼罩了一层黏糊糊的薄膜。

穿过中世纪大厅，走进一个正对大门的拱门，迎来的是一间极为宽敞的南北向展厅，南侧是法国时代展，北侧是英国时代展。这个展厅的陈列柜里优美光滑的物品更多，墙上的挂毯笼罩着昔日的荣光；与其说这荣光根植于信仰，不如说是根植于赏金。

梅尔文觉得手里的公文包越来越沉，于是他找了一张长椅，总算可以让坐惯了办公室的身体歇一歇了。虽说他只走了二十分钟的路，但是已经耗尽了他过去每天用来活动的精力——以前上班时他只是在自己的格子间和咖啡机之间往返数次而已。

他佝偻着坐在那儿，开始想接下来该往哪个方向走。眼下他面冲着法国艺术品展区，就好像他准备进去买个法棍一样。

一道明亮的光线吸引他向右看去，那是一个有天窗的空间，耀眼得就像太阳升上地平线。梅尔文站起来，把沉重的公文包靠在长椅边上，探头过去。

他跨进那个空间的入口，发现视野之内并没有艺术品，而是一个巨大的开阔场地。宽敞的甬道可以供人绕着以金字塔形玻璃为顶的两层的开放式中心行走一圈，从带抛光黄铜扶手的楼梯下到低层。

将甬道和中央开放区域相隔的是未加装饰的墙壁，墙壁上被挖出巨大的长方形开口，它们就像遗失已久的一幅幅壁画化成的幽灵。格子天窗在白色混凝土地面上投下一张巨大的黑网。

这个空间让人感到迷惑，梅尔文恍然觉得他这是溜达进了另一座博物馆，这个地方腹中不再存着几百年的气息，而是充斥着另一种空气：清爽、洁净、新鲜。

他注意到有个保安向他走来，莫名地感到松了口气。

"打扰一下。"梅尔文说，"这是什么地方？"

"雷曼馆[1]。"保安回答，"这儿单独展出了雷曼的所有个人收藏。要是从那边的门洞进去，你就能看见这人原住宅内部的样子。"

那保安指着空间边缘一个大大的方形门洞。"哥们儿，那儿可都是值得一看的好东西。"他微微一笑，一颗金牙在从天窗投下的阳光中闪闪发亮。

"老天爷……真想知道他为此花了多少钱。"梅尔文仰起脖子，就好像在计算每平方分子空气的成本。

"那可是大手笔呢，你挺懂。"保安难以置信地摇摇头，"不过没什么人来这儿参观……"

---

1 1969年，美国银行家罗伯特·雷曼去世后，将近三千件艺术品遗赠给大都会艺术博物馆；1975年，大都会艺术博物馆开放了罗伯特·雷曼馆，展示文艺复兴时期艺术品及伦勃朗、丢勒、戈雅、雷诺阿等十六世纪之后荷兰、德国、法国和西班牙艺术家名作。

"谢谢啊。"梅尔文回答，"我也想看看他的收藏。"他说话的腔调就好像里面这些艺术品在标价出售一样。

　　这座纪念性场馆的极度气派让梅尔文为之着迷，他想知道这一切是怎么发生的。这个人是怎么做到让大都会把这么大的空间以他的名字命名的呢？

　　虽然雷曼是个完完全全的陌生人，但他的特权和强大让梅尔文感觉自己在这个世界留下的微不足道的足迹更加渺小了，尤其是现在，梅尔文把自己一度拥有的与这个世界的唯一牵连也弄丢了。

　　梅尔文悄无声息地穿过保安指给他看的那处没有任何标识的门洞，走近一间亮堂堂的红色房间，但他发现了不协调之处，偌大的开放空间中，室内装潢都褪色了。和罗伯特·雷曼1969年去世时要求的一样，房间里用的是坐落在西五十四号街上他的豪宅里的两片红丝绒旧窗帘和植绒墙纸。

　　这个房间虽然小，但是到处是物件，高高的天花板更让人觉得整个空间堂皇而不失肃穆。在绯红色的墙纸下方，是深褐色的木墙裙，和文艺复兴时期的座椅与精心雕刻的箱子相得益彰。整个空间的边角都以深色的木材勾勒，这线脚一直延伸到天花板，以垂花饰和成排的装饰物点缀。

他看到一座大理石的壁炉，其上装饰更加繁复精致，那里还挂着埃尔·格列柯给圣哲罗姆画的一幅画，线条苍劲有力。圣哲罗姆有一张蓄着络腮胡子的、瘦削的脸，身着一件宽大的红色斗篷。整个肖像画色彩强度极高，带给人一种强烈的不平衡感。这幅画的左侧是埃尔·格列柯的另一幅作品《背负十字架的基督》，尽管画中的基督背负着沉重的十字架，他依然保持着安详平静的面容，有一双闪闪发亮的眼眸，画面背景中阴森恐怖的天空预示了他将遭遇的悲剧。

"你也该拿根烟试试看。[1]"梅尔文自言自语道。

右侧是一幅伦勃朗[2]的油画，笔法粗拙，上面是一个戴着宽檐帽的小个子男人，一对晶亮的眼睛安在了一张肿胀的脸上。

对面的墙上挂着一大幅画，画的是一位伯爵夫人和

1 梅尔文想到了之前广场上拿着烟背着标语牌的流浪汉。

2 伦勃朗·凡·里因（Rembrandt van Rijn，1606—1669），荷兰十七世纪现实主义绘画巨匠，传世油画达六百幅。

她的女婴，二人都穿着有光泽的缎面连衣裙，饰有蕾丝花边，母亲并没有把目光放在洋娃娃一样的孩子身上，而是望向远方。伯爵夫人似乎没有流露出任何感情，一蓬朦胧而缺乏光泽的褐色头发之下，是一张瓷胎面具般严厉的脸。接着，他看到戈雅那幅画的周围有四张十八世纪的威尼斯油画，像是几张被放大的明信片，描绘的是某座一成不变的城市。

梅尔文绕陈列室缓步而行，思考着每件艺术品的标签：生与死、性与爱、战争与宗教、权力与金钱。一个长长的展示柜中陈列着几尊小小的深色雕像，看起来就像别的物件儿投下的影子，其实它们是森林之神萨缇和几位天使。另外，在玻璃柜后面的老搁架上，摆着一组十六世纪法国利摩日的珐琅制品。

一座青铜雕塑抓住了梅尔文的目光——一个男人趴在地上，一个女人坐在他的背上。梅尔文凑近了看，发现那是一件始制于十四世纪晚期的器皿，反映的是一则故事，其中亚里士多德为了给他的学生亚历山大大帝上一课，甘愿受到一个叫菲利斯的性感女人的羞辱。这件作品可以归在性与权力主题下，梅尔文想。

他还看到一组两幅的肖像画，画的是一对神情冷漠的夫妻，身材圆滚滚的，脸色阴沉。也可以归在性与权力主题下，梅尔文想，但是可能他们之间只有权力关系，没什么性的成分。

梅尔文望向这间红色陈列室的另一端，看到了其他房间。在他要参观的下一间陈列室的壁炉上，挂着一幅引人注目的油画，画中是一名穿着蓝色长裙的女子。此外，那屋子的天花板上垂下两盏妖娆的黄铜枝形吊灯，他的目光顺着吊灯投向更远的地方，落到了紫罗兰色的墙壁上。最后，他发现自己还是乐于待在眼下驻足的这个房间里，觉得这儿就像让人倍感安全舒适的子宫。

在陈列室正中，面向壁炉的地方摆着一张与众不同的旧沙发，尺寸不大，像梅尔文这个身材的成年人，只能坐得下两个。这才是雷曼先生真正花了心思的地方，他清楚，这个巧妙的布置会使得参观者真正体验到住在满是艺术珍品的家中是什么样的，和伦勃朗坐在一起看报，同埃尔·格列柯一道做报纸上的填字游戏。

梅尔文犹豫了片刻，终于僵着身子坐到了沙发上，猜想会有保安来制止他，可等来的只有一片寂静。他的样子像极了牙医办公室里的患者，等待着一次他心知肚明会给自己带来痛苦的预约。

他转着眼珠打量着这个华丽的房间，想法领会这里的奢华。他感觉到了这个优越的环境和他在电视机前一边看情景喜剧（个别晚上他看的是色情片）一边吃速冻食品的那些孤独夜晚之间的鸿沟。

他童年时期的起居室里摆的是塑料家具，那画面在他脑海中一闪而过。

梅尔文顿时泄了气，松弛下来，又回到了以往弓腰驼背的坐姿。他窝在沙发里，感觉这沙发和他自己那间平平无奇的公寓中的旧沙发没什么不同。

最终，或是因为懒散，或是因为诱惑，或是两者兼有，他任由雷曼沙发像茧一样将他包裹起来；他松了松领带，出溜到坐垫中，摆出一副舒适的消遣姿态。

梅尔文坐在这富丽堂皇的地方，意识到他在博物馆台阶上想出的那些类别是多么的脆弱。他忘记了一样比爱、死亡和权力更重要的东西。现在与他不期而遇的是无与伦比的美。美支配着他的感官。那是一种新鲜陌生的体验，他不需要变富有就能意识到这一点。

墙壁上纹样柔和的壁纸、曲线玲珑的镀金画框、油画精妙的表面、青铜雕塑和泛着光泽的木器带来的温暖，这些元素组合在一起，让他有种招架不住的感觉。

梅尔文感觉自己的肉体凡胎简直要融化在这间屋子里了，在如此华丽美妙的环境中，他似乎无法无动于衷，就连身体的形态都难以维持不变。他吸收的美越多，在美中的沦陷就越彻底。这是一种双向的转化——他那个普普通通的自我融入了雷曼的幻象。

他原本只想在他人的世界中浅尝辄止，现在却发现自己正在其中缓缓消失。梅尔文身上的赘肉、羊毛西装、鞋子上磨损的皮子和橡胶鞋底，通通都在消散；紧接着要消散的是他乌龟脑袋一样的头、头皮屑、肉嘟嘟的手、一根汗毛没有的肿胀的脚踝。一切都悄无声息地化为闪烁着柔和光芒的微尘。

梅尔文眼看着自己消融于无形，松了口气；他终于解脱了，再也不需要做什么决定、付什么账单、面对什么未知的未来，这些束缚都不见了。他不用去失业办公室了，也不用向谁承认自己丢了饭碗。

就这样，他坐在那儿待了几个小时，直到自己变成一个完完全全的透明人。他之前在展馆监视器中由颗粒组成的人形如今淡化成了一片稀薄的云彩，似乎随时都会在阳光下蒸发殆尽。

"清场了！这儿一个人都没了。"中午十二点半，一名女保安穿过展馆时大声喊道。

她经过的时候，刚刚变成透明人的梅尔文还窝在雷曼先生的沙发里，正盯着基督、圣哲罗姆和肿脸男人看，他们是他的新室友。这帮家伙毫无幽默感，个个苦大仇深，一看就不像喜欢开派对的人，他们比一般人大的手里要么拿着书，要么拿着十字架。但不管怎么说，梅尔文的朋友数量翻了三倍。这绝对是件了不得的事儿。当然了，他原来公司的同事们会亲密地叫他梅尔，还会问他过得怎么样，但那都是成年人慢慢学会的职场社交套路。自从他被解雇，就再没有同事联系过他。

"我也不是特别会找乐子的人。"梅尔文对这三位朋友坦言道，这算是他自我介绍的开场白。

梅尔文背对着戈雅的伯爵夫人，也尽量避免和那对闷闷不乐的荷兰夫妇对上眼，因为他知道，自己今后有无穷无尽的时间可以征服他们。森林之神萨缇、几位天使、珐琅摆件战神马耳斯和智慧女神密涅瓦全都在他身旁。轻佻的菲利斯随时可以骑到他身上。

梅尔文选择了他的未来，他的新家——他要和这些伟大的艺术作品做伴，享受雷曼家族成员的生活里才有的浮华，为自己建立新的日常。生与死、性与爱、战争与宗教、权力与金钱：所有的主题都在这间完美的屋子里有所体现，它们每一个都披着美的外衣。

沃尔特惊讶地发现，梅尔文没有再在台阶上出现。可每当他抬头看到那些未经雕琢的石堆，他都会想到梅尔文。

除了梅尔文公寓大楼的保洁员兼门房，没人注意到梅尔文的失踪；不过那也是几个月之后的事了，他们在清点节日小费的时候发现的。其中最年轻也最不靠谱的那个门房叫汤米，他说他听说梅尔文中了彩票，辞了职，再也不会回来了。"真不错。"其中最年长的基诺说，他语气中满是渴望，说话时不曾抬头，目光依然在他正清点的钱上。但他立即因为自己不着边际的幻想感到一丝不快。在这个新出炉的都市传奇中，梅尔文成了他们心目中的"雷曼"；只不过，只有在他消失后，他们才去拜访他、敬仰他。

品尝禁果

　　很久以前，他被放到了一个底座上，就这样过了好几百年。曾经，他装点过一个威尼斯人的墓穴；如今，博物馆给他安排的底座就是他的整个世界，为他冰冷而坚硬的美丽外壳提供了倚仗，凸显了他的重要。他是文艺复兴时期的遗物，大理石的材质让他散发出光泽，形体姿态则保持着优雅的平衡。这尊雕像塑造了一个赤身裸体的饥饿的亚当，他马上就要大口吃掉手中的苹果。

　　这尊亚当像是学者的心头好，但并非参观者的最爱，后者总是喜欢围在大都会其他更有名的雕塑周围。他纯白的身体其实是文艺复兴时期第一座真人大小的裸体雕塑，具有理想化和简洁的特征，还拥有匀称的肌肉和温柔而梦幻的优雅气质。他重心放在右腿上，左脚脚尖轻轻点地。亚当是一位艺术史学家的作品，对于大多数人来说只是装饰庭院的雕塑，但对于懂得他的历史影响的人来说，亚当是具有革命性的艺术品。

所以说，亚当诞生以来，受到过欣赏，也忍受过忽视。几个世纪以来，他一直有冲动打破他的平衡，这和他要吃第一个苹果时的冲动应该一样强烈。他渴望有朝一日另一条腿能屈一屈，或者用手捋一捋头发，还时常想象张大嘴巴，在他拿着的苹果上啃一口，听那脆生生的"咔哧"一声响。

这些年来，从穿紧身裤的男人到穿裙撑的女人，亚当见识了许许多多；而且，自从1936年来到大都会之后，亚当还见到了许多前来参观的现代人，他们的穿着打扮常常乱七八糟的。现在他跟前的这批人，有的打哈欠，有的直盯着手机看，又伸胳膊又蹬腿的，四肢想怎么伸展都可以。亚当早就把自己这些动作仔仔细细刻在脑子里了——脚跟踮起，手肘只朝一个方向弯，手指向内弯曲——他觉得受到了暴风骤雨般的诱惑，也想得到同样的自由。

亚当五百零六岁的时候，一个叫拉迪什的保安出现了。这个保安个头格外高，身形格外瘦削，他花在欣赏艺术品上的时间比别人要多得多，而且他似乎能看得懂亚当内心翻江倒海般的渴望——对自由行动的渴望。

拉迪什上的是夜班，每次都会去亚当所在的布卢门撒尔中庭。起初几个月，拉迪什精神抖擞，参观时专注而满足，偶尔还有一个女保安陪他一起来。但是，后来他变得气鼓鼓的，形单影只，总是孤零零的，一脸忧郁与悲伤。

拉迪什通常会盯着亚当看一会儿，深深叹上一口气；其实，与此同时，亚当心底也因为求而不得而形成这么一声叹息。这两声叹息重合在一起，在他们之间锻造出一种深刻的联系——一尊雕塑和一个保安，二人都因为他们饱含忧愁的渴望而充满了挫败感。

"你好啊，帅哥。"拉迪什会这样跟亚当大声打招呼，就好像他是亚当的老朋友一样。每每听到拉迪什的唉声叹气，亚当会在内心深处向上瞟一眼，再把眼珠子移到一边去，希望这无法被人看到的表情能被解读为"我还能不明白吗？"

亚当渴望把手伸向拉迪什，但他知道这并非上策。他决定耐心一点，保持原有姿势不变，等待该他有英勇壮举的时刻来临。其实，大都会的所有艺术品都能动，但不到万不得已不会动，非必要不能动。

但他可以开始谋划，为了那一天做准备，如果真有那天的话。

他开始只在夜晚活动，只朝着一个方向动，轻微地移动。

第一个晚上，他在左脚大脚趾上施加压力，感到自己的肉体像一池春水般漾起波澜。五百年了，他终于激活了自己的一小部分，激动不已。

接着他又做了更多尝试：臀部悄悄挪了一厘米，下巴恭敬地一沉，小指轻轻一颤——他再也没有更多的动作。午夜时分，他翻转了一次手腕，只是这样的活动太费神了，使得他接下来好几天都不得不保持静止。

一个周日的晚上，拉迪什带着一腔新鲜的热情，兴冲冲地来到他面前。亚当发现，拉迪什这次表现得格外兴奋、格外活跃，四肢不听使唤似的舞动；亚当不明白他这种新嗜好到底从何而来。

接着，拉迪什冲进了展馆东南角的员工楼梯间，猛地拉开门，消失在门后。但是，亚当认为，他就待在离门不远的地方，并没有走远，因为亚当看到间或有人影从下面的门缝里透进来，还有奇怪的动静在楼梯间中回响，也传到了展馆内。

那扇沉重的大门关上过了不多久，保安部经理布鲁诺·帕克就来了，他穿过布卢门撒尔中庭，大声地冲着对讲机说："我到布卢门撒尔了，马上去检查前门和大厅阳台，然后我再走员工楼梯间回到这儿。一刻钟后和你在中世纪大厅碰头。"

帕克走远了，咔嗒一声之后，对讲机那头也没了动静。亚当知道，他行动的机会来了。他要去救拉迪什，省得这个小保安在楼梯间被他领导撞见。

亚当第一个大胆的举动就是舒展身体，好似之前是窝在飞机上过了一整夜。和他以前的试验性动作不同，他这次活动的并非只是个别关节，而是一下子突破了多年的限制。他不仅弯了弯胳膊和腿，扭了扭躯干和脖子，还往前顶了顶腰，甚至眉毛都皱了皱，就像他活动脚趾和手指一样。

他的自由像洪水一样淹没了整个房间。突然冲破了束缚，狂喜模糊了一切。他感觉体内的空间延展开来，生命力勃发，犹如水面漾出波纹。

然后，发生了一件事情。

他滑倒了。或者说绊了一跤。

然后跌碎了。

这个意外使得他倒在地上，头朝着拉迪什消失的那扇门的方向。摄像头没有对着他，所以没能看到他摔倒的情形；从附近一间陈列室的摄像头拍下的视频中，只能看到亚当的脑袋突然出现在地板上。

他的双腿摔得粉碎。成千上万的大理石碎片、雪花般的粉末铺在地上，麻木，粉身碎骨。

亚当的底座也随着他倒下的方向摔在地上。亚当知道，到时候人们怪的是这底座，而不是他。

他在一片寂静中等待的时候，想到了打造这个底座的匠人，那是个勤勤恳恳的老木匠，为这座博物馆服务了三十四年。木匠也常常怀着谦卑之心去各个陈列室查看出自他手的底座，就好像一个农民在一天结束之时去查看他耕好的地。所以，眼下的情形也会让他心碎的。

布鲁诺·帕克始终没回来。亚当就这样躺在地上。拉迪什一瘸一拐地从楼梯间里走出来，发现了他。

"妈的。"亚当听见他骂了一句。拉迪什停住脚步，把头歪到一边，似乎正在尝试想象真正断裂掉、碎成一千块是什么感觉。他倒吸一口气，喉头发出咯咯声，似乎要为历史上曾经失去的一切而哭泣。随后他便转身迅速离开去搬救兵了。

人们像抬尸体一样抬起亚当，亚当勉强默许了他们的行为。

伴随着照相机的闪光灯，赶来的还有连连哀叹的策展人、有条不紊的管理员和被吓坏了的博物馆馆长。在他们看来，没有比一件艺术品的损坏更重大的损失了。

这间陈列室被当成了犯罪现场。他们小心翼翼地圈出一个方形区域，把粉碎的大理石碎片和尘埃全都框进了里面。人们就像艺术圈的 CSI（犯罪现场调查）一样，把每一寸地板上的东西都收集起来，装进塑料袋，并且给塑料袋编上号。

重塑亚当，再加上打造一个新的石底座可能需要十一年的时间。亚当的碎片将会重新聚在一起，就像一次次轻柔的握手、沉默中紧紧的拥抱。

　　等亚当起死回生，归来后就会成为大都会的明星，到时候想必他还会拥有配得上这份名气的独有的陈列室。

　　可他以后就再也不能动了。

　　拉迪什也不会再回来了。

　　但是，关于自由的鲜活记忆，关于那如糖似蜜、有如腾云驾雾的释放一刻，亚当将永远把它珍藏心底。冲破界限带来的亢奋感也掺杂着迎接未知的深深忐忑。那天夜里，他旋转着砸向地面的过程似乎持续了好几个小时；最终，在陈列室的一片漆黑中，他淹没在飕飕的破空之声和破裂的噼啪声里。

　　如今，亚当的腿打上了玻璃钢销，周身都打着看不见的补丁。他就像一名到了迟暮之年、已然隐退的运动员，看到参观者时再也没有盎然的兴致和强烈的妒意了，也不再想自己什么时候会被人需要。他已经美梦成真，品尝过那禁果，现在只想保持静止，好好休息。

大块头

我喜欢在博物馆员工买饭的时候品评他们。

有时候，我把个别价格敲进收银机，看到总价会挑起一边眉毛。

有时候，我会很大声地说出想法："看来今天有人饿极了啊……"就像在自言自语，但并不与他们有眼神接触。

他们不喜欢我这样。

可我喜欢。

像戏精一样生活其实挺有意思，更何况我还会故意加重自己的意大利口音。

"哎呀，bambino（孩子），少吃点哦。虽说现在是冬天，穿比基尼的季节可说来就来了。"我对在这儿施工的几个大个子小伙儿说。

你们看，我是个"大块头"，和那些施工的小伙儿一样。

我是男人还是女人？我也不知道。

我只是一幅画像，一张白描。

1545 年，威尼斯画家丁托列托用炭笔把我画在了一张帆布上。他大胆的风格和极快的作画速度被形容为"Il Furioso（疯狂而热情）"。他希望我的线条看起来和米开朗琪罗的一样。

米开朗琪罗的素描和提香的色彩，这就是丁托列托想在他的艺术作品中体现的全部。

我的头发由一系列粗重的潦草曲线构成，我的双眼像黑色的小水洼，上面的眉毛是不连贯的短线组成的。我的其余部分就是一个弓着腰的大个头；肉乎乎的胳膊，短粗的脖子，衣服绷得紧紧的，鼓出好几个小包。相信我，我和米开朗琪罗的画可没法比。

我被画在《面包和鱼的奇迹》那幅油画的帆布上，画上耶稣正在用几条面包和沙丁鱼变出成千上万人的食物，而我原本是站在耶稣周围那一圈人中的一员。

不过，丁托列托并没有让我出现在最后完成的画作中。他在最后一刻调整了构图。但我还在那儿，只不过是在油彩之下，在那个奇迹之下。

没人发现我，就连欧洲绘画馆的策展人和通过红外线检查过我的管理员都没发现。

尽管完全没人能看见我，但我依然属于大都会的藏品。

我来到餐厅是为了帮助工作人员，安慰他们。一年前，两位策展人站在我这幅油画附近，他们在哀悼一尊毁掉的意大利亚当雕塑。他们回忆起它摔碎的情形，不由得掉下泪来。亚当猛地倒在地上，摔得粉碎。我想象得到这些工作人员的悲恸。若有藏品"死亡"，博物馆员工往往需要体贴与同情，还需要有人依靠，哪怕这个人只是匆匆勾勒出来的画中人。破碎的线条是否能为破碎的大理石雕像修补破碎的心？我要试试。

第二天一早，我挤过丁托列托油画的表层，步入博物馆。这感觉就像穿过泥滩，溜进黑魆魆的水域，又从另一侧走了出去。那是我第一次感到自己如此渺小，如此脆弱。我朝员工自助餐厅走去，因为我知道，我能在那儿找到他们。

面包和鱼，我穿过空荡荡的博物馆时被自己的袍子绊了一跤，当时我默念着这句话，安慰自己，不过是面包和鱼罢了。我把袍子扔在餐厅的更衣室里，翻找了一下，很快，我就找到了一套制服。

"Va bene（就这样吧）。"我看着镜子里的自己说，希望我四百五十年来和那些面包与鱼打交道的日子能多少转化为一些餐饮服务行业的经验。

我的名牌上面写着"J.P."，我把它别在黑衬衫上，那是我制服中的一件。"J.P."这姓名缩写是我从博物馆一楼大厅楼梯一侧写着捐赠者名字的墙上看来的。

他们管这里叫"员工食堂"，这是博物馆所有工作人员聚集的地方。每一天，他们都会从各自独立的办公间和整个博物馆各种偏僻的角落里走出来，来到这里吃饭聊天。

这地方可不是宫殿。它位于埃及展馆下方，由若干低矮的房间组成，房间里摆满了毫无特点的桌椅，其中一个房间中布置着一座喷泉，人们曾聚在这里抽烟。食堂有提供热餐和冷餐的两个区域，另有一个沙拉台和一个咖啡岛台，有时会举办特别的主题日，比如"墨西哥"或者"草莓"，人们都抱怨说在这里吃饭容易被撑到胃疼。

可一到人头攒动的饭点，沉闷的氛围会刹那被碳酸饮料般活泼的对话点亮：温暖，充满了八卦爆料。这就是 Famiglia（家）啊。这种桌与桌之间、部门与部门之间的交谈让一个个不尽准确的故事保持着鲜活。这些故事逐渐演变成大家共同的神话。我无意中听过了所有的故事：秘密恋情、拿不准的决定、苛刻的捐赠人，还有一个叫拉迪什的保安值夜班时出洋相的事。

我对博物馆工作人员的热情迅速增长。他们所有人我都爱，不管是古怪的、粗鲁的、滑稽的、吝啬的、抱怨连天的，还是爱赶时髦的、话多的、慷慨大方的、小个子的、无趣的，我都爱。

有一回，我看到一个纤瘦的女孩穿着恨天高，差点摔倒在土豆泥旁边。她像个卡通人物一样夸张地滑了一跤，幸好有个保安在她倒在地上之前接住了她。她的短裙掀起来，拢在腰上，就好像狗戴的伊丽莎白圈一样。我也爱她。

我看见的，其他收银员看不见。

我对博物馆的员工们产生的感觉，他们是没有的。

员工们知道这种感觉。在任何自助餐厅中都可能发生这样的情况——你端着托盘走向座位，有人目不转睛地盯着你瞧，就算你对那人不感兴趣，你也一定清楚他的存在。周围的人拿你打趣时，你就会突然感觉一阵害羞。

他们都对我充满了好奇。我也知道他们四处找我，因为他们知道，我看穿了他们真实的样子。

我听着拜占庭艺术展厅的策展人用她费解的理论解释为什么馆长办公室聘用了某个人。她训练有素，善于从藏品着手讲述错综复杂的历史。对她来说，一切都有着复杂的布局，其中散布着藏有朝圣之旅宝藏的密室。

我喜欢想象这样一个画面，戴着凉盔的考古学家手执印第安纳·琼斯式的鞭子，他们一挥鞭子，受到某种古老诅咒催动的财富就像巨石一样在他们身后滚滚而来。

换灯泡的几个哥们儿，也就是"点灯人"，他们口袋里总是装着依然炽热的灯，工服上也总是污迹斑斑。他们的手指甲缝似乎都透着光亮。

每天，摄影馆的人都坐在一起用餐，就好像一张群像，照片里的人们在庆祝某种每天都过的童话般的感恩节。

有个小老头，他平常做的事就是把大都会的购物纸袋拿到地下走廊中整理好。他的长发用几百根橡皮筋编成一条条细细的辫子，最后束成一英寸宽的棍子似的一捆，垂在背上。没人见他走出过这座建筑。我从来都对他很友好。他走到哪儿，就会把橡皮筋落在哪儿，就好像一条撒着面包屑的小径，沿着小径可以直接找到他那座纸箱子堆成的小山。据说，他在那儿过得相当气派。

有时候，博物馆里管钱的那些人会赶过来，买好饭便匆忙赶回他们的办公桌前吃去了。他们不一样，他们知道自己会吓着别人。

员工的交谈中从来不会出现我的名字。我每天与他们产生交集的时间只有那么一会儿，所以我们之间的关系不太一样。意大利式爱情的产生一定得有诱惑的过程。

起初，我和每个人都保持距离，对他们的评价直白坦率，回答他们的问题时简短失礼。实在称不上友好。

"吃挺多啊今天。"我清点他们满满一托盘的食物时大声地自言自语，就好像我留意他们有一段时间了。我还会发出"嗯……"之类的动静，要不然就是说出一个简单的词"allora（然后呢）"，表现出困惑的样子，这些反应总会让他们有些不知所措。或者我一言不发，让他们觉得摸不着头脑。

除了这样发表意见，我还会看着那些特意选了我的收银通道（四选一）的人，他们将塑料托盘放在带沟槽的金属柜台上，一边在队伍中往前挪，一边将托盘推向我。他们会盯着我看上两秒钟——真够久的——这些亲爱的朋友瞥我时的眼神中透着羞怯，只有在感觉就要被我察觉时，他们才会把目光收回去。

然后，有一天——有时要等好几个月——我想，basta（够了）。是时候了。平常的矜持该让位于恣意释放的魅力了。开始很简单，但同时带着一种快活的紧迫感。

"宝贝儿，祝你今天过得愉快。"我亲切地说道，声音有点儿大。他们都怔住了，随后假装这没什么不正常的。

"你也一样。"他们迟疑地答道。然后，他们就会去告诉他们的朋友。

我继续这样做。

"我喜欢你的裤子。"

"甜心儿，你今天真好看。"

"周末愉快。"

"宝贝儿，这件 T 恤哪儿买的啊？"

我突然说话，再加上当时他们无处可逃，我们之间便生出了一种亲密感。

于是，我等待他们将爱回馈给我。

他们还不了解我，但是我希望有一天，他们能知道我来自一张画了一半的油画，我确实是这样一幅作品。听着，那是因为我们不都有点 "non-finito（半成品）[1]" 的意思吗？

不过，现在，我还是每天都在食堂里露面，晚上再溜回到我那幅毯子似的油画下面；我心底清楚，这些员工也和我一样。他们出现在员工食堂，就好像我出现在红外线扫描仪下面一样，明明白白，无可辩驳。然后他们又消失了，融化在博物馆的画作之下，默默无闻地搞创作，或是继续做别的工作。

第二天，我们都再次出现在地下食堂中。他们端着堆满餐点的托盘，交换彼此的故事，再一次目不转睛地盯着我瞧，看我的时间也再一次稍稍超出应有的时长。

---

1 米开朗琪罗的艺术作品被认为是 non-finito（未完成）美学的最佳体现。

招　领

时间刚过中午，弗吉尼亚·杰拉德从空荡荡的英国时代展区走出来，正准备去门口台阶上抽根烟。这时，她瞧见一张长椅旁有个被落下的公文包。她受过培训，知道遇到这种情况该怎么处理，但她现在开始质疑处理规定了。

要是包的主人只是暂时在那儿放一下包呢？要是他只是去洗手间了呢？这有什么大不了的呢？她想。

但她深知，要是不按程序来，她就是给自己找麻烦；她可不能丢了这份工作和医疗保险。弗吉尼亚和许多其他保安不同，这份工作对她来说并非一份白天的正职而已，而是她唯一的生计。她不是什么概念艺术家、小说家或者尤克里里演奏家。她只是个因为长期操劳和焦虑把指甲咬得坑坑洼洼的单亲妈妈。

弗吉尼亚喜欢保安这份工作给她带来的权威感。走在展厅里，她不会觉得自己渺小，也没人盯着她瞧，或是对她投来同情的目光。正相反，她才是那个盯着别人瞧的人。她来负责保护藏品，解答参观者的问题。

可她不是英雄。她只想抽一根烟。

弗吉尼亚想看看会不会有人回来取走这个公文包，于是在原地等了一会儿。她靠在墙上，为休息时间出现这样的小意外感到有些恼火，琢磨着要不要假装没看见这个包。

结果没人出现。鉴于监视摄像头肯定已经看到了她打量这包，她只好朝中世纪大厅走去，拿起内部电话，拨打了4000。

"指挥中心。"主管立刻应答。

"呃，嗯，你好。我在歇班，可我看到一个被人落下的大公文包，就放在中世纪大厅和雷曼馆之间的一个陈列室里。我想，遇到这样的情况，我们应该告诉你一声。"

她强调自己并没有当值，天真地希望对方能把这件事揽过去，放她去休息。

"你是保安吗？"主管简短地问道。

"是啊。抱歉，我应该先表明身份的。"弗吉尼亚回答。

"你旁边有别人吗？有人去认领吗？"主管继续问。

"没有，我没见有人。为了看看有没有人来取，我已经在这儿等了五分钟了。"

"那个包具体放在哪儿呢？"对方进一步询问。

"就在中世纪大厅以西的陈列室的一张长椅旁边，陈列室位于法国和英国时代展区之间。"弗吉尼亚解释说。

"好的，我来调监控看一下。"他滚动浏览屏幕上的监控镜头，直到刚才说的那个展区的监控画面出现在中央屏幕上。"是了，我现在看到你说的情况了。"

弗吉尼亚听到大都会安保部领导喜欢用的 CIA 硬汉风格行话，不屑地翻了个白眼。

主管放大画面中那个破旧的公文包，然后深吸了一口气才继续问话。

"好吧，你叫什么名字？"他问。

"弗吉尼亚·杰拉德。"

"好的，弗吉尼亚。你现在照我说的做。"

"好的。"

"首先，你回到那个公文包前，用警戒绳将那个陈列室与中世纪大厅、法国时代展区和英国时代展区分开。这样一来，那块地方就隔离开了。然后，你去雷曼馆，把其他保安叫过来——我想今天在那儿值班的应该是大卫。

"你挨个清走陈列室的参观者，让那儿所有人都通过一楼的员工出口出去。我在屏幕上没看到那儿有别人，但我也可能是看漏了。总之，你得给陈列室清场，从第八十四街的地下通道把所有参观者都带到大都会外的街道上去，然后回到前门的台阶上复命，明白吗？"

"是，长官。我们……嗯……是要疏散人群吗？"弗吉尼亚问问题的口气就好像这件事是她的错。她只是想抽根烟来着。

对方回答之前停顿了一下，但其实她已经知道答案了。

"你算是说对了，我们就是要疏散人群。"说完他就把电话挂断了。

于是，弗吉尼亚按照上级的指示做了。很快，平常参观者不急不缓走在博物馆石板地面上的咔嗒咔嗒声不见了，取而代之的是上千人向第五大道的出口涌去产生的杂乱而急促的脚步声。人们也不再礼貌克制地耳语，展厅间波浪般此起彼伏地回荡着抱怨声。

就连馆内的艺术品都对这次打乱大都会平常节奏的骚动有所反应了。公文包周围的挂毯都轻蔑地看着它，就好像看着闯入艺术鉴赏家的厨房的一只老鼠。有的艺术品还记得二战期间它们自己被疏散的情形：当时，九十辆卡车满载着像婴儿一样被包得严严实实的艺术品，将它们运送到费城外的一个地方。它们就在那里度过了两年的时间，安全稳妥地待在各自的板条箱中，只是看不到彼此。它们渴望回家，渴望从包装中释放出来，再次得到展示，呼吸空气，受到参观者围观。

现在，被清走的人们纷纷从艺术品面前经过，离开博物馆，困惑、气恼地匆匆走出第五大道台阶最上方的三道大门，就好像从一辆抛锚的巴士上下来的通勤者。

人群中也混杂着博物馆的工作人员，他们有一搭没一搭地聊着，手里拿着刚买的午餐，分享着小道消息，告诉大家究竟发生了什么，只不过他们说的往往相互矛盾。本地的参观者耸耸肩，无所谓的样子，因为他们可以随时回博物馆继续参观。游客们则翻起了旅游图册，乐得用附近的其他景点替换掉大都会。沃尔特则在担心突然涌来的这群人过后会在他负责清扫的台阶上留下一片狼藉。

身着套装、精心点缀着围巾的郊区女士最为生气。她们定制博物馆游览计划就像计划一次军事行动，事先订好了来回的火车票，订好了午餐，还提前看了相关读物。她们紧抓着肩膀上的背包带，说不会再延长大都会艺术博物馆的会员资格。

二十世纪的最后这些年，恐惧还不是人们的本能反应。整个事件对他们来说只是一件麻烦，只是对出行计划的一种破坏。在两年内，大都会容易遭到破坏这一点将成为大家心头永远的惦记。保安会仔细打量人群，每个入口都有人看守警戒，参观者携带的包也将受到检查。要是再出现被人遗忘的公文包，人们绝不会犹豫着不知如何处理。

布鲁诺·帕克站在台阶顶上，干练而沉着地注视着疏散现场。他的想法非常实际：从门里出来一个人，就等于又有一个人脱离了危险。他的无线对讲机突然响起，在静电干扰造成的嗞拉声中，他的属下报告说："我们已经布置好警戒线了。"

他往右看去，旁边站的是他严苛的上级迪克·特拉克纳。帕克朝特拉克纳点点头，确认他们严格执行了博物馆的安保规定。

梅尔文的公文包将被警察带来的炸弹嗅探犬闻个底朝天，然后被移出博物馆，放进一辆防爆车，送到位于查尔斯街的纽约市警察局防爆小组去。

到时候，他们会发现，包里面只有空无一字的纸。

这座城市靠南一点的地方，在瓦里克街上，一位失业顾问将对着一个摆满了橘色塑料椅的房间大喊梅尔文的名字，却没人答应，只好开始叫名单上的下一个名字。

最后，弗吉尼亚终于坐在台阶上抽起了烟，她还没有意识到，不久的将来，有一天，整个世界都会被震得粉碎，而他们刚才恰恰是为那天做了一次演习。

天才策展人

"尼克，我爱你，但是我要挂电话了。我保证，我会想出法子来的。"咔嗒。

听到这句话，尼克重重坐在了椅子上，他知道，她说得对，她会保护他的。但是他天性好焦虑，总是担心对方有话外之音，担心有什么他不知道的，担心有不好的事在暗中酝酿、潜伏，随时可能发生。

三年级的时候，他的老师要求学生们第二天上学带本旧杂志到学校，用于课堂上的艺术项目。那天晚上他都没怎么睡，纠结到底是该带他爷爷的《田野与溪流》（受众面更广）还是他妈妈的《家宅与庭院》（图比较好看）。其他人都会带什么杂志呢？老师会让他们拿杂志做什么呢？老师的计划是怎样的？

最后，他决定带一期《时代周刊》。老师让他们用杂志上的图做成一张拼贴画来展示一句俗语。于是，他将一个小小的女人贴在印着杰基·肯尼迪嘴巴的那张大图下面，用一个带钩的手柄将二者连在一起，描绘的是"让微笑成为你的雨伞"。他因为课间被冷落在一边而闷闷不乐的时候，他的妈妈就会一遍又一遍地重复这句话来打发他。就因为他总是一副焦虑不安的样子，她早就给他贴上了"屹耳驴[1]"的标签。他到现在都觉得她给的建议是一派胡言。

尼克连着屁股底下的椅子一起往后挪了挪，心想也不知到没到午餐时间。他盯着自己的表盘看，就好像表上是另一种语言——他曾经懂得，现在却怎么想也想不起来的一种语言。时间才刚刚十点半。他决定去员工餐厅喝杯咖啡，其实他需要的不是其中的咖啡因，而是那份温暖宽慰。

"今天我还真是甩不掉你了，你就像个黏豆包。"咖啡岛台附近，朱莉娅在他身后笑着说道。她高挑干练，做事从不拖泥带水，身上那股劲儿像是在说"我知道的

1　"小熊维尼"系列动画中的角色。它性格悲观，过于冷静，时常自卑而消沉。

比你多得多"。"抱歉我挂了你的电话，可你得相信我。我会帮你拿到展馆场地的。"

"我知道，我知道，可是有人告诉我，玛尔塔已经为她埃及中王国时期的文物展得到了 B 展馆。我可不能接受让我的画挂在服务大楼 B 座那些十一英尺高的墙上。艺术作品需要呼吸，而且我答应过所有出借方，我们的画会在 B 展馆展出。"

"尼克，你这些话我今天早晨都听了一遍了。"朱莉娅尖声说着端着茶走开了，尾音随之越飘越远。"早上好啊，J.P.。"她临走还不忘跟收银员打招呼。尼克意识到朱莉娅结束了和他的对话，于是加快脚步跟在她后面。"这位先生的咖啡也算在我账上。他需要休息一下。"

"好嘞，宝贝儿。今天你气色不错啊。"J.P. 朝朱莉娅眨眨眼，但没有理会尼克。

"不用，不用，我自己来。"尼克赶紧去拿钱包，就好像他突然醒过来，才意识到眼前是怎么回事一样。在钱这件事上，他总是没完没了地紧张。

"尼克，没事的。"朱莉娅恼了，"就像我电话里说的，我来搞定这事儿。"

"你说的是咖啡还是展厅？"

"都是！啊，消停一天吧。"听声音她显然沮丧透了，但其中还夹杂着一丝感情。他们之前有过些感情。

"好吧，好吧。有新情况给我打电话。"

她扭过头去，带着微笑翻了个白眼，用这个举动让他放心，告诉他她会尽力而为。

"我能帮上忙的话告诉我啊！"他冲着她的背影高喊。

她故意大跨步地走开了，而且步速极快；同时，她扭头甩下一句："你什么忙也帮不了。"

他抬起头，看见了大卫，那是他认识了十五年的一个保安，此人见证了他和朱莉娅的这次交锋。

"哥们儿，你别跟她较劲。"大卫主动献策，"她是个说到做到的主儿，一向如此。"他在展厅里见识过不少名流，也在这间餐厅里听说过不少故事。

"我知道，我知道。可我的画真不能挂在从地板到天花板只有十英尺的房间里。"尼克说，他终于找到一个新听众听他抱怨，有些激动。这也许就是他来这个地下食堂的真正原因。他所在的部门人人都听过他这番抱怨了，也都赞同他的意思。他需要新听众。

"她不会允许这种事发生的。"大卫答了一句随之转过身躯，"我的休息时间结束了。一会儿在皮特里考特咖啡馆见。"

尼克看看咖啡，意识到忘了加牛奶。于是，他朝着加奶台走去，同时扫了一下周围还有没有人碰巧听到了他的问题，但是早餐高峰已经过去了，吃午饭又还嫌太早，所以整个房间空空荡荡，只有一堆索架立在那儿，是为搬运一座重要埃及雕塑准备的。另一张桌子上，几个技术人员穿着配套的羊绒衫和卡其裤在讨论布线的事。他们可不是他圈子里的人。

尼克可以上楼去给伴侣打电话。伴侣不会想听，但他有倾听的法律义务。不行，他不会有热情听这件事的，尼克想。只有和他一样的策展人才会真正懂得他的烦恼。

他给中世纪馆的负责人打了电话，结果却接入了语音信箱。他又打给亚洲艺术馆的卡特里娜，可接电话的人却说她去伦敦为拍卖做准备工作了。第三次，他打给了油画修复部门的负责人提姆，这个人既有同情心又有耐心，可就是很少表现出必要的愤慨。

"我相信朱莉娅会想出法子的。我知道这事儿有难度，不过还是放手让她一试吧。"

"我知道，我知道，可是她怎么办得到呢？一会儿有人告诉我事情这样了，一会儿又有人告诉我事情那样了，我真不知道我们怎么能这么运转下去。我感觉我们永远无法知道事情进展如何。我的画可不能挂在只有九英尺高的墙上。"

提姆坐在电话那头，一边听着一边在 eBay 购物网站上浏览斯塔福德郡小摆件，准备丰富他的私人收藏。尼克的长篇大论演变成了一段车轱辘话，既荒谬可笑，又有着它自己的逻辑。他把能想到的每一种阴谋论都拿出来说了一遍，解释为什么上面安排给他的展览场地是低矮逼仄的服务大楼 B 座，而不是高大宽敞的 B 展厅。

提姆边听边在一件完美无瑕的牛形陶瓷奶壶的页面点了"加入购物车"。他扮演过这种角色——富有同情心的倾听者的角色。因为他可以几乎一语就让人感觉到关心，人们都认为他是个善良亲切的同事。

"要是有我能帮上忙的，千万告诉我啊。"十分钟后，提姆终于打断了他，"我很愿意给你些建议，如果你需要的话。"这是这通电话中提姆说过最长的一句话，但是对尼克来说这已足够。

打完电话后，尼克把脑袋搁在两只手上，发现自己又开始掉头发了。他才刚到五十岁，头发越来越少，肚子却越来越大，而当前的焦虑状态加剧了这个趋势。十九岁时，他带着不惹人厌的书呆子气离开明尼苏达州，深色的波浪卷发，罗马鼻，与他高中里那些发育良好的男孩北欧人似的长相格格不入；不过，到了东海岸，在面容苍白的学霸和掉书袋的知识青年中，他可是个既阳光又英俊的中西部小伙儿：他就是那儿的 F. 斯科特·菲茨杰拉德，而且身旁没有难伺候的老婆。单单这个新地位足以促使他攻读博士学位了。只是，早年星光灿烂的他逐渐走向暗淡，这个过程实在令人绝望。他的目光落在衬衫的扣子上，它们就像一座座军事堡垒，勉强对抗着他那无节制扩张的肚子。

他知道，他应该给海福林太太打电话，继续展开他的魅力攻势。她能为展览和展品目录掏钱。如果她是画展的赞助人，那么他们绝不会把他的展移出 B 展厅。而他要为之付出的代价就是几乎每天都在电话里听她抱怨整个世界对她的怠慢。

尼克愿意纵容她；他的成功绝大部分与他惯能哄到对的赞助人和收藏家息息相关。但他要想抓住海福林太太的心，得找准切入点才行。他看着办公桌上的展览清单，那上面收录了他想用于展览的每一件作品，决定告诉她馆里新借来了哪些艺术品。他从电话上黏着的一张便利贴上看到了她的电话号码，这张便利贴就是用来时常提醒他打电话哄海福林太太的。

铃响了几声之后，一个声音说道："海福灵（林）——啊——共（公）馆。"答话口音很重，但说不清是哪里的口音。

"您好，海福林太太在家吗？我是大都会艺术博物馆的尼克·莫顿。"

没人答话；只听到电话咔嗒一声被扣在了厨房岛台上，然后被拖过花岗岩的台面，最后掉到了地板上。尼克能想象出那台电话本身的样子，一款泛黄的旋转拨号电话，派克大街的老物件[1]，安装于二十世纪八十年代早期。

---

1 派克大街至今仍有部分区域的住宅保留着旧时物品。

"你好？谁啊？"听起来海福林太太像是怀疑电话这头根本没人。

他听见厨房的分机传来女佣急促而沉重的喘息声，而后女佣便把听筒放回了听筒架。

"海福林太太。我是尼克啊……尼克·莫顿，大都会的。"

"哦，你好。你有什么事？"

听到如此粗暴无礼的口气，尼克并不吃惊。因为每次都一样，也正因为此，每次和海福林太太讲电话的节奏都令他十分不适。

"我们从柏林借来了一些艺术品，我想您一定会对此感兴趣的，我们想要的每一幅油画他们都答应出借了。"

"哼，我可没说过我会对这类事情感兴趣。不过好吧。"她结结巴巴地讽刺了两句，然后才努力让情绪变得积极一些。她喜欢尼克。"那可真是个好消息。确实是好消息。你知道的，我本来去年要去柏林的，但后来没去成。"

这也是海福林太太的典型表现。她总有法子突然插入一些信息，却从不按照聊天的准则补足这些信息背后的故事。和她打电话没有你一句她一句的时候，只有她兀自说她自己的事。按说尼克应该能感觉到在这一点上他和海福林太太的相似之处，但他没有感觉到。

"啊，那真是遗憾……"他搜肠刮肚地想词儿，心里直打鼓，不知道这个切入点管不管用。

"其实我压根不想去，要是我想去，我肯定就去了。"

"那是自然。"他让自己镇定下来，但他同时很清楚，他又要栽了。因为害怕彻底搞砸，他不敢提起遇到的场地问题。

"如果这就是你给我打电话想说的，那我们就聊到这儿吧。我还得去林肯中心[1]参加一个董事会，他们要在会上回绝我的慷慨。不知感恩。老一套了。"咔嗒。

今天这是第二次有人挂尼克电话了。他坐在原地，握着电话筒，环视办公间，只听见头顶上的灯嘶嘶作响。两张桌子上堆满了书和文件，恐怕只有他一个人能搞明白其中的条理。他已经窝在这片地方有二十多年了。

海福林让他想起了自己的母亲，她八十一岁的时候

---

1 纽约市最大的表演艺术中心。

变成了一个和海福林同样专横任性且怨气十足的女人。上次他去看母亲，发现她把所有的花都拿到了房间外面。她对他说："我不需要这些玩意儿。"随着一声闷响，将花瓶放到了厨房的操作台上。"让微笑成为你的雨伞！"他当时应该说这句话的。

尼克突然想起来他得去参加彩排，现在已经晚了十分钟。于是，他沿着走廊一路小跑，上了通往二楼的楼梯，绕过十九世纪绘画展厅的游客，朝着会议室的直梯奔去。等到了罗丹展厅，他听到一阵呼哧呼哧的喘气声，而后才意识到这声音是他发出来的。于是，他慢下来，从小跑变成了一种节奏不太稳定的疾行，以不至于赶到的时候出太多汗。

这是董事收购会的一次热身，会上将进行艺术品的展示和收购。这次热身其实是同行评议的环节，比真正的董事参会时的情形凶险得多。策展人有时候会批评得毫不留情面，有时候又会表示大力支持。最后，他们会向馆长给出推荐意见，由馆长来决定哪些艺术品进入收购的下一步。

尼克进门的时候动静可不小。人越是希望不被注意，越是不可避免地成为焦点。通往洞穴般空旷的会议室的是一道双开门，进门时每一声可能发出的"吱嘎"和"咣当"尼克都没有错过。他往里走时还差点撞翻了一个足足有四千年历史的基克拉泽斯赤陶壶，那是摆放在会议室附近等待评审的物品之一。

就这样，他放弃了偷偷溜进去的尝试。

"抱歉，我迟到了。"他对全屋的人说。他沿着那张巨大的桌子转悠，准备找个空位坐下；与此同时，他总算把憋着的想法一股脑儿都说出来了："今天真是够受的。我刚才和莫娜·海福林通了电话，天哪，她太难搞定了。现在，我办展览想用的展厅要泡汤了，朱莉娅说她会想法子，但我不知道她怎么才能办到。我可不能在挑高仅有八英尺的厅里办展。另外，下周我就去伦敦了。抱歉我戴的是旧眼镜，那是因为今天早晨狗跑进了我们大楼的电梯，我得把它追回去，情急之下没找到那副新眼镜。"

他将这些哪儿都不挨着哪儿的讨厌事儿摞在一块儿，仿佛在搭一个小小的纸牌屋。他稳稳地把一句抱怨搭在另一句抱怨之上，就好像他想看看搭到哪儿纸牌屋才会倒塌。其他人耐心地看着这出戏，虽然被尼克这番火力全开的"实况报道"惊到了，但也适应了他们这位同事"只剩半瓶水"的悲观心态。

一个深沉的男中音插了进来，叫停了他的独白。"尼克，如果你说完了，我们可以继续开会了。"米歇尔·拉鲁斯因为这次中断有些恼火，但还是不疾不徐地说道，"彼得，你继续说。"

"哦对。不好意思啊。"尼克怯怯地道了声歉。

他现在才注意到，他的朋友彼得·盖尔德曼正站在一屋子的策展人面前。他正要给大家播放吉姆·坎贝尔制作的一个关于行走的人的视频。在一块电视机大小的LED屏幕上，从侧面可见一个模糊的人物轮廓，他投下一个长长的影子，脚步不停，就好像他脚下有个隐形的跑步机。

彼得眼睛盯着视频，等待听众们欣赏思索它的律动之美。他不符形象地穿了一身灰色的套装，这身行头在他办公室的门背后挂了十六年；他总是歪斜着身子，和如此板正的衣服实在不般配。他衬衫最上面的扣子没有系上，由此产生的小缝隙形成一个箭头，正好指向他那糟透了的领带结，让人知道那是一条领带，而此时的领带结被大力扯到了左侧，就好像它急于逃离眼下这种不搭调的尴尬情境。

彼得既忐忑，又很清楚自己身处安全区，这是选择向大都会介绍前卫艺术作品的每一个人对他的诅咒和祝福。面对这类超出理解范围的内容，大家难免会比较抗拒，但大多持谨慎观望的态度。

讲话的时候，彼得的手一直抓在西装的翻领上，紧紧地握成拳头。然后，他开始向内、向上推，就好像他要把他的想法从胸口挤出去，这样一来，这些想法才能变成话从他嘴里说出来。虽然他的肢体动作看起来别扭得要命，但他的语言表述正相反：清晰准确，而且带有一种让人安心的力量感。

"这是吉姆·坎贝尔创作于2002年的《动与静2号》。在这个系列中，坎贝尔检视了数字技术改变感知的本质和主观经验的方式。坎贝尔曾在麻省理工学院修习数学专业与电气工程专业，他的作品体现了两种专业特质，还结合了他对这两个领域和早期视觉媒体——尤其是摄影与电影之间的关系的敏锐的历史意识。

"创作'动与静'系列时，艺术家从十九世纪八十年代埃德沃德·迈布里奇的定格摄影作品获得了灵感。这些作品同时促进了大家对人体的科学认识，进而为管理学家弗雷德里克·泰勒对工业流水线的发展做了准备。

"坎贝尔作品的升级版是安装在墙上的一个个面板，而这些面板是由成百上千个小型白色 LED 灯组成的。在这样的面板上，我们可以看到一个不断行走的人的侧影，而除不断波动的白光以外的阴影构成了人物的外部轮廓。

"黑白点矩阵的应用证明该作品与十九世纪八十年代另一种技术的发展有关，即图像复制使用的半色调技术；迈布里奇的许多动作研究都是从这里开始的。"

彼得停下来，准备在结束介绍前给大家一点时间吸收这些新信息。

"不过，请大家仔细看看。坎贝尔的作品主体与迈布里奇的作品中体态匀称、动作敏捷的人类样本不一样，前者的人物在停下来喘口气之前往往步态蹒跚，或者身体倾斜，那是因为这些人物有着各种各样的残疾，或是腿脚不便，或是有严重的关节炎。针对人们盲目相信技术与进步和人类圆满之间神话般的联系，这些作品表现出了含蓄而讽刺的指责。

"这系列作品就像是一首视觉之诗，其中蕴含着一则巧妙的社会评论。"

彼得讲完了，他的手也终于放开了翻领，姿势有放松之意，但依然保留着迎接挑战的神态，他的同事们都为他的简洁和自信惊呆了。一开始，这系列作品在他们看来就像是一款非常简陋的电子游戏，但现在，它似乎变成了完全不同的东西。他们由它联想到了古希腊青年男子雕像表现出的人物活动，埃及象形文字的笔画勾勒出的人类动作，赛·托姆布雷[1]的绘画里不断重复的图案，中国卷轴画里呈现的叙事，霍加斯[2]的社会漫画，温斯洛·霍默[3]的后内战油画中与土地有关的那份乡愁。如果说他们之前质疑过这段视频作为艺术品的合理性，那么现在任何犹豫都被搁置了，大家纷纷表示默许。

---

1 赛·托姆布雷（Cy Twombly，1928—2011），作品集合抽象表现主义、极简和波普艺术，油画、素描、书法之间的界限被模糊，重复的线条、词汇和涂鸦像是自由的潦草随笔。

2 威廉·霍加斯（William Hogarth，1697—1764），"英国绘画之父"，其作品范围涉及现实主义肖像和连环画，多是对当时政治和风俗的嘲讽。

3 温斯洛·霍默（Winslow Homer，1836—1910），关注普通人在困难面前表现出的情谊和英雄品格，以及面对异己时的孤立无援，常被与梭罗、梅尔维尔、惠特曼等文学大师相提并论。

尼克看着发生的一切，心想也许彼得是故意扮丑，这恰恰是聪明的策略。彼得可能是精明到了一定境界，明白他不甚体面的打扮正好能有效地反衬出他非凡的头脑散发的魅力。

米歇尔对这件作品毫无热情，但他也不能否认彼得这番介绍的简洁有力；他问大家有没有问题，大家沉默以对。彼得显然在当代影像这片容易让人露怯的艺术领域相当专业，没人敢上前与之较量。有的策展人是大学者，有的是了不起的展览制作人，还有的是杰出的收藏家。像彼得这样的策展人很罕见，因为他同时具有以上三种身份。

会议继续，接下来介绍的是基克拉泽斯赤陶壶。尼克看到桌子对面是一位希腊和罗马学者，她有着几乎过目不忘的本事，将四十二年的事业都投入到了重塑古希腊花瓶这无尽的拼图谜题上。这条路似乎比尼克选的那条更招眼、更富野心的路线要简单。尼克做的是组织大型展览，游说能量巨大的捐赠人，不断在博物馆内外提升影响力。

也许他做这一切其实错了？他琢磨着这个想法，将它放大成了一场存在危机，但片刻之后，他就摘掉眼镜，抓抓鼻子，思绪无缝对接般飘到了电梯里的那条狗身上。这是尼克特有的天赋，通过同时操心其他事情、所有事情来避免自己在一种焦虑中越陷越深，恶性循环。

那个行走之人的视频被挪到了一边，但是它还在播放。尼克盯着它看，好像被催眠了一样。他就是那个行走的人——不断努力，却哪儿都去不了。

他回头看了看那个希腊花瓶专家，思考该怎么解决他自己的谜题——他想用的展览场地就要被玛尔塔占去了。他下定决心，这次该订一个主动出击的计划了。参会的没有玛尔塔，所以眼下就是联合其他人对抗这种不公的理想时机。或者让米歇尔主持公道。只要会后尼克能拦下他就好了，不过，米歇尔出了名的动作快，他会迅速走出会议室的门。

会议终于结束的时候，尼克不得不放弃联合其他同事的策略。因为大家聊起了一个捐赠人去绘画修复部门拍照片的事。提姆绘声绘色地讲，这群人被深深地吸引了。

"我知道这一套，女士。肩膀后收，胸背挺直！"提姆取笑起那个捐赠人，身子扭来扭去，夸张地模仿着他为摄影师摆出的照相姿势。同事们哄堂大笑。

尼克等不及要得到旁人的认同，便决定再去员工餐厅碰碰运气，因为现在已经是午饭时间了。他穿过古代近东展区时看到了亚历山大·费里斯，此人是负责他展览的新闻发布官。亚历山大的年轻帅气对平复尼克的心情一点帮助都没有，尤其是如今尼克感觉自己的吸引力不断下降。不过，费里斯那让人无法理解的神气劲儿可能会派上用场。也许马上就要举行一场新闻发布会，亚历山大将宣布尼克的展览在 B 展厅举办？

"亚历山大！"尼克朝着尼尼微城的大门方向喊道。

亚历山大转过身，他旁边一群虔诚的游客也转过身，此时他们应该是这古代近东展厅仅有的几位参观者。这些游客被亚历山大俊朗的外表吸引了，用目光追随着他的一举一动，仿佛眼前这男子是活过来的一尊完美雕像。此时远处本该静悄悄的地方正有一个男人大声呼喊，但这个情况他们竟然毫不在意。

"尼克。"亚历山大朝着向他赶来的激动的策展人轻轻招呼了一声。走近高大温和的亚历山大，尼克竟然立即毫无道理地平静下来。"什么事？"亚历山大问。

"我的新闻稿发出去了吗？"尼克紧张地屏着气儿问道，就好像哪个艺术家的名字被拼错了一样。

"没有，稿子在你那儿呢。我们还在等你的意见。"

"哦，对了。是这样的。"尼克回答，一下子泄气了，"我……我把稿子拿给你。只是，我听说我的展览场地被换成了服务大楼 B 座。要是记者们已经知道展览会在 B 展厅举办，那我们就不能换场地了。"

亚历山大侧着头，就像刚刚在听一个小孩跟他讲床底下有个怪物一样。

"嗯，不过，我不确定事情真的如你所说。但愿那些记者永远不会有这种影响力吧。这种事交给朱莉娅处理吧。"亚历山大安慰他说，"车到山前必有路。"

"是啊，我知道，可我不能让我的画挂在只有七英尺高的展厅里。"

尼克反复强调这点，但还是没能让对方产生他想要的愤慨。

"会没事的。"亚历山大劝道，"我得赶紧走了，有人在大厅等我一起吃午餐呢。有新情况随时跟我说哦。"

"哦，好吧。"尼克垂头丧气地说。

"猛虎之眼，我的朋友。"亚历山大用他标志性的口头禅鼓励尼克——这句话起作用和它本身的意思没关系，而是因为说话之人有着惊人的魅力。

　　尼克走进员工自助餐厅，他视野的边缘出现了玛尔塔小小的身影。她保持着年轻女孩小鸟般玲珑的身段，但同时也拥有一个下台的独裁者的风范：任何时候，她都可能在暗中组织起一支精兵，卷土重来。他得躲着她点儿，以免她问起 B 展厅的事，或者更糟，她可能会直接宣称 B 展厅是她的，连句道歉也没有，就敲定了他只能在低矮的空间中办展。

　　尼克一动不动地站在餐厅门口，甚至想转身逃跑。餐厅分成两个区域，一边供应热菜，一边供应冷餐。玛尔塔端着托盘站在热菜区，耐心地等待着满满一勺"墨西哥"主题日特别菜肴。她没想到等来的是一声冷冰冰的"好哦"，随之而来的是湿乎乎的豆子落在干巴巴的纸盘上的声音。

　　"怎么可以这样？"她用急促的德国口音质问道，"咋的？"但那个板着脸的服务员已经接着给下一个顾客盛菜了。

尼克抓起一个塑料托盘，用它遮住他的脸，就这样溜到了冷餐区。他靠近沙拉台，却忽然瞟到玛尔塔冲他走过来，一下子慌了。情急之下，他冲着装胡萝卜沙拉的大桶弯下腰，脸都快埋到里面了，就好像他有什么东西掉进了那桶橘红色的浆糊。他闻到了莳萝和醋的刺鼻气味。

"你一定很爱吃胡萝卜。"彼得·盖尔德曼开玩笑说，他拍了一下尼克的后背，尼克的脑袋跟着往前低了低，一小片黏糊糊的莳萝贴在了他的鼻孔之间。

"会上的表现很精彩。"尼克冲着那桶萝卜嘟囔了一句，彼得已经走开了。

尼克感觉玛尔塔就在他身后，正看台子上的沙拉呢。

"看看这些肉和奶酪啊。"玛尔塔从他身边经过时大声评论道。她为她的发现感到惊讶，就好像冷盘的食物包了一层金子。他从她的声音中听出了胜利者的得意劲儿。她戴的那副硕大的眼镜似乎朝着放三明治的台子去了；那双眼睛没看到——很可能是故意装作没看到——尼克。

等尼克觉得安全了，他才抓着他那个依然空空的托盘走到冷饮柜前面，避开了玛尔塔的视线；此时，玛尔塔已经走向收银台了。他格外专注地盛了满满一杯冰块，然后呆滞地盯着饮料机时断时续地喷出健怡可乐。

玛尔塔付完钱，尼克才急匆匆跑到热菜区，就像为了躲过人类的踩踏在地上不停爬动的甲虫。他抓起一个做好的金枪鱼三明治，在收银台将它丢进一个纸袋里，这样他就不用去用餐区，而是可以回到家安全地吃这顿饭。

他往两侧瞭了瞭，想看看玛尔塔坐在哪儿，可发现她压根儿没在附近落座，很可能是去另一个房间了。她那么轻巧，完全可以像个松鼠一样蹲在哪个窗台上吃东西。

尼克掉头从餐厅入口离开，横穿过博物馆的地下楼层。走在路上，他提心吊胆的，生怕玛尔塔会突然出现在前方。经过老旧的送菜升降机时，他就想，以她的身材完全可以钻到那里头，像等待猎物一样等着逮他。

最后，尼克坐在办公室的桌旁，呼吸着旧书的气味儿，倍感心安。他现在都不饿了。也许他应该给富有同情心的图书馆馆长卡尔打个电话，告诉他在低矮的空间中办展一事？可是，经过今天早晨疯狂的精力消耗，尼克竟然感觉放电话的桌子离他太远了。回到自己的办公室让他松了口气，但同时他也确定自己的命是注定的了。

他还记得，曾经在学校里，他为了不被一个叫威廉的同学欺负，特意留在校长的办公室里吃午餐。有一次，威廉在食堂邀请尼克和他坐在一起吃饭，结果却在尼克要坐下时把椅子抽走了。于是，他像海星一样坐在了地板上，眼泪啪嗒啪嗒地掉下来，一张张脸凑过来，围着他疯笑。现在想到当时屈辱的场景，尼克胃里都会翻江倒海一样。

那种无助感始终没离开过他，他总感到一种压迫性的恐惧，害怕有人要夺走属于他的东西：椅子、学校食堂、展厅、控制感。母亲曾经夺走了他的《世界百科全书》，只为逼他和街区的其他男孩一起玩。"去呼吸呼吸新鲜空气，和其他孩子打打闹闹吧。"她用恳求的口气说。为了安慰她，尼克只好走出家门，但他仍然为她希望他"打打闹闹"困惑不已；之后，他把他从被没收的书里看来的世界讲给其他孩子听：俄国革命、查尔斯·林德伯格或者尼克最喜欢的部分——塑封页上的青蛙和人类的解剖结构图，他们却立刻对他乏味且详尽的描述表示厌恶。那也许是他第一次意识到，有些东西需要被看见。而且成功有时候取决于他们如何被看见：塑封页、屋顶的高度，这些事都很重要。

下午一点，电话铃响起，他看到是朱莉娅打来的。

"嗨，有什么新消息？"他声音颤抖。

"搞定了。"她招呼都没打就说了结果。

"等等。怎么搞定的？玛尔塔会怎么做？"

"尼克，搞定了就是搞定了。皆大欢喜。别担心了。B展厅是你的了。"

她口气之轻松，就好像是他的一个妹妹在告诉他，今年家里的感恩节活动由谁来安排。尼克知道，朱莉娅明白，他的贪婪自大和焦躁不安与她对大都会艺术博物馆的奉献精神是一样的。他们是在这座博物馆里一起成长起来的。他们之间有种"老资格"之间的信任，就像是一条牢不可破、永远不变的纽带。

"啊，谢天谢地。谢谢你。"尼克松了口气。

"没事儿。"她说，"你才是那个天才。馆长办公室的目标就是让策展人都满意。"

"说得对，我这个客户很满意。"

"现在只剩一百零一个客户要服务了。"她说完哈哈大笑。整个博物馆共有一百零二个策展人。

此时距离他们早上那通电话只过去了三个小时，但是尼克已经把一年的苦闷都装进了这段时间。他把他的所有焦虑都铲起来，填进了刚才的每一分，每一秒，就好像把额外的袜子塞进已经满满当当的行李箱一样。

"周五去斯坦诺普喝一杯？"他现在的语气很欢快。

"没问题。"

六个月后，晚上八点，B展厅已经空出来了，现在只有一百八十四幅画按照最初的展览规划靠墙放在其中的九个展室里。全球的快递公司将这些艺术作品运到了这个地方，检查无误后便把它们交给了博物馆。技术人员将在第二天早晨开始把画往墙上挂。展厅入口处挡着一扇屏风，明天将有一个保安在那儿坐上一整天，只有相关人员才能在签到后入内。签名墙上写着一行致谢："此展得以成行，部分要归功于莱纳德·海福林太太。"

尼克就站在他曾经特别害怕会失去的这片场地上。此时此地，他感到自己和艺术之间没有任何隔阂，一种只有在这样的时刻才会产生的平静油然而生。他像一位老朋友一样注视着一张张画，每逢如此激动人心的重聚时刻，他都会感到同样的兴奋和熟悉，同时也为这份心情感到慰藉。他在每件作品的家里都见过它们，但现在，他是组织这次聚会的主人。

　　"哦，你好啊，可爱的姑娘。"他微微屈膝，看着一张年轻女子的画像柔声说道。她目光深沉，像是明白了什么，这神情似乎预示着某种悲惨的命运。她双手紧紧交握，表现出一种超出她年龄的紧张。她既清新又古老，那正是隐藏在一张十八世纪孩子面庞下的尼克自己。

　　美梦成真了。眼前不是什么复制品或高精扫描件，而是如假包换的物品本身，是艺术家的手抚摸过的，由人的辛劳、技艺和雄心壮志打造的真品。在这个夜晚，在这星光点点的暮色中，在就连尼克自己也亮起朦胧辉光的一刻，一种莫可名状的感觉突然袭来，让尼克的一生与作品之间相隔的几个世纪的时光变得无关紧要。

　　他双手插兜，静悄悄地穿过一个个展室，就像一个父亲看着他睡梦中的孩子。地板上是依着最初的展览规划，按时间顺序摆放到位的艺术作品，但这和此时尼克头脑中的布置完全不同。

他变了主意，不想再按之前的计划布展。他要改一改。他的新版本将更清晰地反映出他经过多年研究和思考在脑海中展开的对话；他可是把二十年的时间都用在了思考这场展览上，思考它应该在视觉上、感性上、知性上带给参观者怎样的体验。他要忽略年代顺序，转而利用主题和风格来构筑展览。

这有点像同学聚会，也有点像晚宴派对：把那些出自同一位画家，但从未出现在同一个屋檐下的油画并置陈列。只有策展人能想象得到这次会面，然后真正实现这个场面。这是在拆解一生的工作，打造一个故事，并把它展现给全世界。

尼克把手从兜里抽出来，交握在胸前。这代表安静，是演奏爆发前的准备姿势。他脑子里没有音乐，而是稳定的鼓点，随着他的期待强度而变化的律动。

开始了。在他的脑海中，第一幅画穿过黑暗，飞向南墙，展览的开场作品。接着，下一幅画轻捷地落到了尼克一直想让它停留的位置，挨着第一张自画像的地方，揭示画家的笔触其实始终没有太大变化。

尼克在头脑中安排好了这一切，他想象每样展品都悬浮在空中，然后自行滑向正确的位置。他眨眨眼，目光来回移动，想象着这些艺术品像闪电一样从一点飞到另一点，从一个展室飞到另一个展室，像舞者旋转时一样，精确又自然地做出下一个即兴的动作。

这一系列安静的"洗牌"动作格外优雅。尼克不再纠结焦虑，他现在是一位风度翩翩的魔法师，他能看到的景象只有当真正实现后才能为别人所见。在他于这些展室中掀起的梦幻风暴中，一切痛苦、一切抱怨都烟消云散了。

他觉得过往的一切烦恼都值得。

尼克直到凌晨一点左右才决定最后一幅画的位置。他倚在一处门口，想到了那个研究希腊花瓶的同事：将古老的碎片填进缺失已久的空缺处时，她的感觉一定和他此时的一样。

新计划让他筋疲力尽，同时又激动不已，脑子里嗡嗡直响，兴奋感似乎在不断螺旋上升。他心中一直隐隐地清楚一点，每次陷入危机，艺术都会来拯救他，包括他原本不需要艺术魔法的今晚。在他离开之前，他满意地环顾四周，带着久久无法平复的胜者的欢欣心情，上下打量着展厅的天花板高度。

一周后，所有的画都被挂上了墙，尼克愤怒地抓起电话，拨通了朱莉娅的号码。

"莫顿先生！"朱莉娅亲切地打招呼，"展览布置得美极了。你一定开心坏了吧！"

"朱莉娅，"尽管知道这事儿其实不是她的责任，但他气鼓鼓地开了口，"我正在看展览开幕酒会的菜单，发现上面只有杏仁。可是之前说好的得有腰果啊。"他加快的语速同时含着抱怨。"我不知道怎么会这样。去年三月，我和特别活动部门的人见过一面，他们问，"他从恼怒的控诉切换到了带讽刺意味的模仿，"'尼克，你展览开幕时的宴会上准备提供什么吃的？'我说：'只要有腰果就行。'结果现在我发现他们完全忘掉了那次的要求。我是说，咱们博物馆到底是怎么了？我怀疑他们是不是连饮品都不会提供了？我感觉我自己的展览发生了什么状况我都不知情！"

屹耳驴又回来了。而他们拿走了屹耳驴的腰果。

"你让莫娜·海福林怎么办？"他继续说，"像在飞机商务舱里一样捧着一把杏仁儿吃？两周前我参加了'亚洲艺术之友'的活动，他们那儿有腰果——大量的腰果。我记得上次我从特别活动部门订了一份奶酪拼盘，结果我们收到的是一大块切达干酪，中间还挖了个大洞，塞着咸饼干。看着就像……就像麋鹿小屋饭店的炖菜之夜一样！……朱莉娅……朱莉娅？"

朱莉娅的声音沉下来，语气里"我知道的比你多得多"的那股劲儿格外明显。

"尼克，你知道吗……"她十分真诚地缓缓答道，就好像刚刚想到这可怕的腰果罪行的根源。她每个字都在昭示她将透露一个天大的秘密……

"也许你的腰果被玛尔塔拿走了。"她略带恐慌地表示。

他还没来得及答话，就听见遥远的电话那头传来朱莉娅的大笑。当她用她知道的他最讨厌的话来取笑他时，她的声音听起来更遥远了。

"让微笑成为你的雨伞！"电话里传来回声。尾音渐渐消失之后，另一个更熟悉的声音响起：咔嗒。

当我们谈起亚历山大·费里斯

　　我们好奇他是怎么来到我们中间的，他这种慵懒的金发公子哥怎么会进宣传部工作。在黯淡无光、铃声此起彼伏的座机和破破烂烂的办公椅之中，他就像一颗新鲜的、闪闪发亮的苹果。

　　我们好奇他怎么长得如此俊美。他可以像打弹弓一样将这种美释放出来，向我们展示精致璀璨的美的力量：他就像员工餐厅里的阿喀琉斯，而且没有靠不住的脚后跟；就像一尊亚当的大理石雕像，而且是堕落前的亚当。

　　我们好奇他是不是走路从来都脚不沾地。他在外面的世界中是不是和在博物馆里一样，行走仿佛漂浮，又似乎是有一股亲切友好的微风轻轻顶着他前进，所以步伐才如此轻快？他说话做事一向有静气，但这平和之下透着几分桀骜。他从来不会表现出一点着急的样子，也没有什么上级能动摇他的沉着。

我们都觉得他不像个真实存在的人。难道他从来没丢过钥匙、买过牛奶或者错过过末班地铁？他总是穿着一身优雅的蓝色西装，一双意大利皮鞋，一出现就能让博物馆时常紧绷而躁动的能量场变得舒缓而安静。我们为他的魅力所折服，越陷越深，直到发现我们的每一寸肌肤都浸润于其中。我们猜测他是同性恋、异性恋或是隐婚状态，猜测他是许许多多伟大而美好的风流情事中的男主角。

　　我们怀疑他在博物馆上班根本不领工资，更喜欢想象他的身家富有到了不可思议的程度。他和我们共事的经历其实对他来说是一种文化消遣，一份无关紧要的工作。他是我们的盖茨比——但他没有不切实际的梦想和悲惨的死亡。

　　我们不明白他为什么要留下来。

　　我们惊叹于他的谈吐、他遣词用句时和缓的节奏感，还有他酥脆、清澈的嗓音。他说话和小学里老师教的一样，有着平衡的段落感，结尾总是干净利索，带着使用精确的标点。

　　我们好奇他是哪里人。有一次，我们听说他是从俄亥俄州来的，可这样的家乡听上去太普通了。我们还听说他有五个兄弟姐妹，可我们还是觉得不太可能。我们不去采信那些不符合我们幻想的信息，在一鳞半爪的细节中精心挑选，就好像在田野中采摘鲜花，从盒子里挑选巧克力。

我们决定相信他来自旧金山，家中有四个兄弟姐妹，养了几条标准型贵宾犬，还有一位白金母亲（"白金"指的既是发色，也是信用卡等级）。他的母亲继承了一笔意外之财——一家宠物食品公司或者塑料保鲜膜公司。

我们好奇他喜不喜欢我们。和他高贵的气质相比，我们在员工食堂开的玩笑和无甚新意的办公室贺卡似乎完全上不了台面。可他时时都在我们身边：不管是散伙饭、婚礼还是生日派对，他都会在现场抛下同一句含义模糊的话，没人能猜得出来这句话和它出现的场合有什么关联。总之，不管什么活动，他红润的手上似乎都潦草地写着四个字：猛虎之眼。

我们好奇我们这位男主人公会留在博物馆多久。

四年后，他走了。十月的一个温暖的夜晚，我们金子般的角斗士沿着第五大道渐行渐远。他去了里斯本或者摩纳哥、奥斯曼帝国或者五世纪的雅典。

但是我们没有让他走。我们醒悟过来，接管了他的"幽灵"，开始流传他的故事。我们会给每个新员工介绍他泡沫般的名气，就像放映至关重要的迎新片一样。

每逢有活动——所有的散伙饭、婚礼、生日派对，我们都会把他的故事拿出来讲，直到他的故事变成了一首博物馆之歌，凡是重大场合大家都会充满热情地歌唱，像吹气球一样让他无尽的传奇故事愈发丰满，直到我们对临终之时的退休人员轻声说出那句话，"猛虎之眼"。

策展人说他是卡拉瓦乔的情人，是圣·高登斯雕刻海华沙时用的模特，是毕加索的酒友。博物馆的员工，或新或旧，都声称他们见过他，在地下室、在日本展厅和董事的餐厅。

随着时间流逝，在我们口中，他家里的宠物食品帝国变成了一个名叫普瑞诺亚的公国，那是靠近新西兰的一个小岛国，他如今正在仁慈地治理那个国家。

他的离开也是因为一场阴谋，导火索就是一场欲望满满的幽会，或是跟尼克·莫顿、海伦·温洛克，或是跟一名叫马伊拉的保安。也许他的幽会对象是宙斯呢。

还有的人说是阿波罗。或者是阿佛洛狄忒。

我们站在装满肱骨或智齿的中世纪圣骨匣前感叹：
"唉，里面就是他的骸骨。"

我们不再需要真正的亚历山大·费里斯带来的兴奋
之情。

幻想中的费里斯更加高大、光芒万丈、金发飘飘，
也更加俊美，他让原来那个真实的年轻男子相形见绌。
于是，我们不再遐想了。

存光之处

穆迪·拉塞尔小心翼翼地双臂环抱着笨重的灯枕，抬头望向佛像展厅那四十英尺高的天花板；然后，他屈膝将那团"云朵"向上一抛，将它放归空中。它就像一只无主的气球般浮向天空，然后就在接触到天花板前的一刻，爆裂开来，一场烟火顿时填满了每个角落。展厅的灯都亮了。

穆迪是大都会的点灯人之一。点灯人就是负责换灯泡的人。

有时候，展品似乎还没准备好面对第二天的新关注：参观者，闪光灯，游客不曾间断的交谈声。"哎呀，不要这样！"穆迪想象一座巨大的佛像会抱怨说，"再让我清静五分钟不行吗？"它的语气就像一个哼哼唧唧的十几岁少年。如果佛像有一个枕头——鉴于它的身高，那枕头应该得和人的一张床垫差不多大小——佛像肯定会使劲用枕头捂住脑袋。

"抱歉，大个头。"穆迪会这样安慰佛像，"谁叫你是这次展览中的大明星呢？"

穆迪向下一个展馆出发了，他爬了几级台阶，来到专门用来展示韩国艺术品的大厅。在那儿，他又从他的橘黄色小车里捧出满怀的光，轻轻将它向比刚才低的，仅有十八英尺高的天花板抛去。

这一次，云朵被一张被雕刻成冥想状的优雅石手钩住了。这团亮光挂在那儿耽搁了一会儿，穆迪上前轻轻推了一把，将云朵往北送了一程，可同时他褐色的大都会制服上留下了一抹光晕。穆迪闷闷不乐地低头看了一眼，他知道，其他点灯人会看出他今天失手了一次。

在丹铎神庙中，穆迪取下夹在他小车上的扫帚柄，拿着它向几个较小的光团挥舞，他像本垒打的击球员一样停下动作，注视着冷光奔腾向上，窜进巨洞般广阔的空间。"啊——！"穆迪模仿人群的喧嚣发出一声闷吼。

穆迪一直擅长摆弄光，他还是个蹒跚学步的娃娃时就抓住了他有生以来的第一束月光。婴儿床里的他把月光拥入怀中，就这样睡了一整晚；在那个房间可怕的黑暗中，这是令他倍感安慰的小秘密。童年时期，他会从郊区房子的窗户往外看，把树林的轮廓线想象成某个沉睡中的怪物，多亏了附近街灯的光芒，那怪物才得以保持蛰伏状态。后来，他长到十几岁，常常凝视星空，一看到它们呼吸般明明灭灭，以反复闪烁的星光挑战他最大的恐惧——黑暗，他就感到格外心安。

对穆迪来说，黑暗是一个地方，一条隧道；在那里，成年人的声音会化为愤怒，而后再变为吼叫、痛苦。黑暗是伤人的利器。

房门若是突然打开，门口出现的可能是他父亲骇人的高大身影。他会把穆迪从床上拖下去，推搡、击打他的小身板，挥舞着雄壮有力的巨爪扒拉、拉扯他未成年人瘦削的身子。野蛮的咆哮声在房间的四壁间激荡、回响，直到那头怪兽得到满足才归于平静。然后，他就像丢掉一个破烂布娃娃一样把男孩丢在地板上，喘着粗气、摇摇晃晃地离开房间。

这些夜晚让穆迪变得有如惊弓之鸟，动不动就会崩溃，常常瑟缩在角落里，尽管他后来长成了大高个，力气也比他以为的大得多。他家里人依然总是嘲笑他战战兢兢的可怜相，还给他取了这个外号叫"穆迪[1]"。

"让整个厅都亮起来！"现在的穆迪可以这样吩咐博物馆的任何人，"这么黑，什么都看不见！"

每天早晨，穆迪喜欢在工作的间隙让思绪漫游，飘入巴黎的灰色天光、亚述古国的灼热阳光、明尼苏达州维扎塔的夏日天空，或是弗兰克·劳埃德·赖特[2]的房间里。

他最喜欢的就是遁入古比奥书房，那是位于意大利古比奥的一座宫殿里的私人小书房，十五世纪时为蒙特菲尔特罗公爵所建。

他钟爱这壁橱般大小的房间，这里的墙壁均由细木镶嵌工艺打造而成，构筑出一片遐想的天地；形状各异的小片木头拼搭在一起，组成了陈列柜、书架、网格门和长椅。创造者还凭借着幻想描绘了一个文艺复兴时期

---

1 Moody，郁郁寡欢的意思。

2 弗兰克·劳埃德·赖特（Frank Lloyd Wright，1867—1959），美国最伟大的建筑师之一。

的男人生活中的方方面面：盔甲与军功章，成堆的书籍，还有乐器、科学仪器和建筑工具。

每一样物体都以完美的透视图形式呈现，创作者更是凭借着细致的幻想，让光与影落在不同种类和色调的木材上，使得这些由木片拼成的物品栩栩如生。穆迪了解光影，就像天文学家了解太阳系。正是它们使得二维空间转化为三维空间，并让假想的景象与原房间的真实光源相呼应——一进门的地方，右边的壁龛中有两扇并排的窗户。

穆迪常常迎着金灿灿的意大利阳光，伫立在这间书房内，陪着他的还有窗外一系列看不到的陈设。假想的阳光倾泻而入，铺进这间书房狭小的空间，也洒在棕红色的地板上，赋予这书房的永恒午后一种令人眩晕的舒适。

"嗨，穆迪·拉塞尔！"

穆迪听见空荡荡的中世纪大厅那头突然传来乔·卡拉西那斯塔顿岛的口音。他转身看到他的"点灯人"同事正在车载式升降台上朝着彩色玻璃窗抛出成堆的光。"孕妇和灯泡之间有什么区别？"卡拉西问道。

"什么？"穆迪·拉塞尔大喊。

"区别就是灯泡可以拧下来。"卡拉西回答。

"嗨，乔·卡拉西。"穆迪对之前的笑话毫无反应，而是回应了一开始对方打的招呼，同时推着小车缓缓穿过大厅，向欧洲装饰艺术区走去，"拧上一个灯泡需要多少个罗马天主教徒？"

"需要多少个？"卡拉西假装积极地回应从他面前经过的穆迪。

"两个。"穆迪扭头说道，"一个负责把灯泡拧下，另一个负责为此忏悔。"

穆迪继续往意大利展馆走，卡拉西在他身后大声呼喊："一会儿咱们在员工食堂见！"

他们有一个四人组，成员有穆迪·拉塞尔、乔·卡拉西、乔治·舒格曼和小比尔·法登（老比尔·法登负责管理管理员）。他们可是作业团队中的摇滚明星，在重要的岗位上表现得十分聪敏而专业。

尽管他们四个身材各不相同，但都很有个性。穆迪高大魁梧，他以自己的智慧和三十二年的超长"点灯人"经验领导着整个团队。卡拉西瘦长而结实，他是个犀利的二货，思路敏捷，说话一针见血，有着分外接地气的幽默感。舒格曼是个谦恭的巨人，肿鼻头，眼镜上总是一片模糊，他虽然是个大块头，但做事一丝不苟，举止温文尔雅。再说说小法登，他是四人中间年纪最小的，长相帅气，凡是有乐子的事，总少不了他的参与。他们全都和穆迪一样，对黑暗有着深深的恐惧，他们彼此理解却从未就此共同的困扰交流过。

上午九点半，这几个点灯人来到了员工食堂，他们取了托盘，准备饱餐一顿。他们像往常一样，先快速交换了一下能让他们乐得直拍手的博物馆内部笑话。

"嘿，穆迪，"卡拉西开口了，他冲着一桌保安扬扬下巴，"换一个灯泡需要多少个保安？"

"只需要一个。"穆迪马上回答他，"但他换灯泡前得先做几个俯卧撑。"

"嘿，法登，"穆迪继续说，发展部的一个助手从他们旁边经过，"换一个灯泡需要多少富人？"

"嗯，需要一个来换，还需要一个夹层女孩感谢他带来光明。"法登拍了下桌子，眨眨眼。

"嘿，舒格曼，"法登接着往下说，"迪克·特拉克纳怎么换灯泡？"

"那可是机密。"舒格曼假装紧张兮兮地快速回答。

"嘿，乔·卡拉西，"舒格曼说，他算是补全了这首四重奏，"换一个灯泡需要多少个策展人？"

"多——少——个？"卡拉西夸张地拖着长音，正巧有个油画策展人经过。

"三个。一个换灯泡，一个负责展示影响这次换灯泡的早期事例，还有一个负责说灯泡其实是一个助手换的。"

这个日常活动结束后，四个人立刻埋头吃起了丰盛的早餐，像急着填饱肚子的孩子一样狼吞虎咽。在前面没有任何交代的情况下，卡拉西突然聊起了他十六岁的女儿，这件事足以证明他们这个小家庭成员之间的亲密。

"今天早晨，我看玛利亚要出门。眼下是十一月份了，可她出门竟然没穿外套。于是，我说：'你的外套呢？'——这个问题问得没错吧？"

大家嘴里都还满着，但所有人都不住地点头，无声地表示赞同，击掌，永远的赞同。

"去年我给她买了一件像样的粉色羽绒服。花了我好一笔钱呢。她说：'爸，我长大了，不该再穿奇装异服了。'我听错了，听成'我长大了，不该再吃香料馅儿了'。我就想：'我们怎么开始聊沙拉了？'然后她就匆匆出了家门——没穿外套——我该怎么做？一件外套算什么奇装异服？"

穆迪有三个孩子，现在都已经自立了，所以他知道叛逆期的孩子有多难对付。"等她感冒就好了。"他劝道，"到时候她就会忘掉什么奇装异服，穿上那件该死的外套。"

"我都快疯了。"卡拉西回答。

大家嘴里依旧满着，也依旧纷纷点头。

"今天的香肠不错，"法登发现了，"和往常的不太一样。"

大家又纷纷点头，随之发出咕哝声，表示同意。

"我觉得是火鸡肉做的。"舒格曼加了一句。

大家依旧是满嘴的食物，依旧是纷纷点头。

当晚七点二十，所有的灯都熄灭了。灭的不只是大都会艺术博物馆里的灯，而是整个纽约市的灯。这个"大苹果"的插头被拔掉了。大断电。

参观者早就离开博物馆了，大多数员工也一样。

穆迪站在他的储物柜前，感到心跳得像手提钻一样，速度极快。他的推车空空的，他们曾经存放多余光辉的橱柜也一样是空的。

没有光，无处可逃。

他这辈子都在极力避免遇到眼下这种情况。

安全灯泡都没有启动。一瞬间，糖浆般黏稠的恐怖黑暗、寂静、未知的一切渗透到空间中的每一丝缝隙，爬满了每一堵看不见的墙，笼罩在他面前暗中潜伏的、砰砰敲击着他的心神的、压得他喘不过气的每一寸地面之上。尽管其实这里只剩下他一个，但他感觉眼前浓重的黑暗中有什么在颤抖，像是恐慌的人群。

门会突然打开。

怪兽怒气冲冲地闯进来。

咆哮声回荡在整个空间中。

恐怕只有一个地方能救穆迪。但是去那里意味着他得穿过博物馆，深一脚浅一脚地渡过乌黑沼泽般的一个个展厅。他得像射箭一样瞄准那个地方，同时心底里明白，他这支颤抖的箭不会，也不能射出直线。

穆迪害怕得发抖，但这份恐惧令他向前迈出了一步又一步，只是一瘸一拐，走得并不稳当。他跌跌撞撞地走进虚空，就好像脚上的靴子其实是绑在脚腕上的两个沙袋。黑色的洪流携着狂风的力量浇在他头上，他走在石灰岩的地板上，步履维艰。那早已忘记的咆哮声突然在他脑海中冒了出来，他猛地闭上眼睛，像是想把那噪音从脑袋里挤出去。

跳跃的影子说明穆迪旁边有别人匆匆走过，但是他无法把他们当成看得到摸得着的人或者说真实存在的人。他像冬天的狼一样潜行在博物馆中，焦急而绝望地嗅来嗅去，想要找到残羹冷炙，撑过严寒。

他按照自己记忆中的地图前行。他不知沿着同样的路线走过多少次——心情愉快、脚步轻快地走在他巡视的路线上，但他从来没有留意过路线的长度和曲折。后来，他的力量终于回来了，带着他左拐右拐，向上向前，穿过非洲馆、古希腊馆和拜占庭展厅，然后顺利进入了十五世纪意大利艺术品展馆。

他转过最后一个弯，他们就出现在了他面前，他们三个都在，像钻在小丑车里一样挤在古比奥书房里。穆迪走进去，看到了他希望看到的场面：一道不可思议的、温暖的意大利阳光依然从窗外射入，在地板砖上形成一片狭长的矩形。在这块奇迹一样的光块中，卡拉西、舒格曼和法登就坐在那里，就像几只小猫坐在窗台上一样，在文艺复兴时期的阳光下放松地发出咕噜声。穆迪也坐过去，加入了他们，感觉那道光平复了他抽搐的神经上的静电荷，让他活了过来。

在这道永恒的光束中，他们得以重生，并被它不可思议的现身所抚慰。在这片噬人的黑暗中唯一例外的地方，他们终于安静地聚在了一起，松弛下来。穆迪打破了这一刻的宁静遐想。

"你们见过这个人长什么样吗？"他问其他人。

"什么人？"舒格曼回答，他很开心有人起了话头。

"请人建了这间书房的人？"卡拉西问，他也加入了这场有助于分散注意力的聊天，"是蒙特卡洛公爵还是谁来着？"

"是蒙特菲尔特罗。"穆迪纠正道。

"哦对，蒙特菲尔特罗。"卡拉西表示认同。

"嘿，乔·卡拉西。"法登似乎突然想说个笑话缓解一下紧张氛围，"他不是你来自斯塔顿岛的表亲吗？"

"是啊，你看看蒙特菲尔特罗这人的鼻子就知道了。"穆迪想把话题拉回到他一开始的问题上；他见过皮耶罗·德拉·弗朗切斯卡给蒙特菲尔特罗画的一张著名的肖像画。"他就像个打架老是输的黑手党职业杀手。你们知道吧，就是那种鼻梁半山腰上有块平坦地儿的鼻子，平得都能搁啤酒了。"

"哦，就像咱们的乔吉[1]一样。"卡拉西插话道，"老奶奶，你那半截平坦的鼻梁上不放那副脏兮兮的眼镜时放什么？剩饭？零食？"

"嘿，穆迪·拉塞尔，"舒格曼没接卡拉西的话茬儿，而是像坐在员工自助餐厅里一样平静地跟穆迪说起了话，语气恢复了正常，令人心安，"换一个灯泡需要多少个整形外科医生？"

穆迪知道，舒格曼是故意没有理会卡拉西的调侃，

---

1 乔治的昵称。

巧妙地抓住了之前的话头。在那一刻，某种重要的本能反应被唤醒了，他们垒砌的世界得以复原。"只要一个就够了，舒格曼，"穆迪笑着回答，"但除了换灯泡，他还会想换掉你的鼻子。"

藏品课

我们保护他们，拯救他们，研究他们。同时，我们也知道，他们觉得是他们在保护我们，拯救我们，研究我们。

"我们"是艺术品，是证据，是美，高墙环绕保护我们，灯光璀璨凸显我们。是的，我们以各种材质做成：油彩、大理石、青铜、黄金、玻璃、白银、纸、黏土，还有铁、丝带、泥、毛发、木材、电线和骨头。我们来自四面八方：坟墓和衣柜、宫殿和工作室、地板和天花板、堡垒和神庙，有时候我们会带着原来所在的地方的痕迹，因为有时候人们等不及，或者我们不能留，所以我们常常要被人转移到其他地方。

"他们"是我们的守护者，有男人，有女人，母亲般地呵护我们，给予我们几乎令人窒息的爱。我们的每一寸表面、每一丝划痕、每一个缺口、每一处可能有问题的修复，他们都关怀备至。每一天，他们都像准备学校的话剧一样擦拭我们，只为了在我们的重大时刻把我们展示给全世界看，让大家看到我们是多么光彩夺目的孩子。

我们——每一件物品——都是证据：是谁的眼睛选择了那个形状，是谁的手画下了那条线，又是谁挥动锤子，凿出了那块凸起？告诉我们当时是怎么回事吧，他们这样乞求。

自从被创造出来，我们不知走过多少路，经历过多少事。这些事有的轻柔如涓滴，有的激昂如水浪。荣耀、战争、革命、品味的波动和文艺复兴的摇摆。还有一些非常非常黑暗的时代。一千年的进程中，我们亲眼见证帝国湮灭。为了适应新空间的大小，我们的身体常常会被裁切成小块。若是我们在纸板箱中度过一个世纪，免不了会有蛀虫钻进来，我们被弄得浑身痒痒，却毫无办法。该死的吸尘器撞到我们的腿上。灯泡！

倒霉事常发生。但我们会尽可能告诉他们过去的事。至于我们不能说的，他们会猜，会深入挖掘——有时候，他们真的会拿出一把铲子挖呢。

当然了，他们也有他们的起起落落，他们的脆弱和恐惧，强烈的自尊心和破裂，甚至破碎的心。只要有机会，我们就去帮助他们；我们跳进博物馆，像他们呵护我们一样呵护他们，轻柔地抱着他们，就好像一口气就能把他们吹散架了。但是，死亡这个问题神秘而复杂，不知涉及多少坎坷之路、多少琐碎之事。

生存也些许古怪。它意味着失去。他们爱我们，我们却终要失去他们所有人——创作我们的人、赠送我们的人、陪我们坐在一起解闷的人、手里拿过我们的人或是目光曾落在我们身上的人；买下我们的人、置换我们的人、卖掉我们的人；清洁我们的人、赎回我们的人、让我们再次变得神采奕奕的人；爱我们的人；学习一切只为了解我们的人。

想象一下，那面古老的镜子看过多少人的身影。然后再想象一下，想象他们每个人。死了。消失了。

但我们会继续活着。我们是证据，是迟迟不肯离去的、沉默的证人，挂在墙壁上，站在底座上。人们存在过的证据。

纸　雕

　　沃尔特在古老的上菜升降机旁拐了个弯。此时是凌晨五点，他下班了。上级安排他值夜班的时候，他高兴坏了，因为他尤其喜欢在一天中的这个时候，置身于博物馆地下一层的宁静中。他踩着无声的节奏走在走廊里，这是一个世纪之前人的行走节奏，也是几个小时后会来此地上班的人的节奏。他想着回家要烤一个柠檬蛋糕，那是他在独居生活中放松身心的小仪式。他要坐在沙发上，一边闻着蛋糕香甜的气味，一边看电视，期待不久就要酣然入睡。

　　沃尔特的设想突然中断了，他的脚步慢下来，吃惊地看着前方水泥地面上冒出来的一小堆东西。作为管理员，沃尔特会凭直觉注意到与周围环境不协调的地方，但是这次他碰见的情况不一样。他一开始就意识到，这堆花格牛仔布包着的东西十分脆弱，八成已经坏掉了；

等再靠近些，他才完全明白自己看到了什么。

他靠近看时，震惊之下，倒抽了一口凉气，紧接着又因为发自内心的悲恸重重地叹了口气。那是一名博物馆工作人员的瘦小的身体。沃尔特只知道大家都管他叫"橡皮筋老爷子"。沃尔特总是在地下一层的同一个位置见到他，每次见到他，他都在勤勤恳恳地整理大都会的购物纸袋，背后是整整齐齐码成一面墙的纸箱子。

沃尔特查看了他的脉搏，确认了其实他早已知道的情况。尸体蜷缩成一团，就像在太阳地里睡觉的小狗。橡皮筋老爷子的样子和往常一样：身形单薄但显得很精神，只不过这次更像一个幽灵，细长的辫子用几百个橡皮筋束在脑袋后面，像根硬邦邦的棍子，沿着他的后脖颈一直留到后背。他的脸像彩色圣像的一样，呈半透明的象牙白色，表面因一辈子的辛劳和专注而布满了皱纹；他干瘪的双手布满了青灰色的血管，像脆弱的根系一样在皮肤下生长。他闭着眼睛，蛾子翅膀似的眼皮耷拉在这张宁静而苍老的脸上。

沃尔特跪在地上，轻轻地用双手托住橡皮筋老爷子的头，保持这个姿势待了一会儿。这既是问候，又是道别，是陌生人之间未曾说出口的"没关系，有我呢"。沃尔特没有一丝犹豫便用他强壮的臂膀揽过这具尸体，不再让他蜷在地上，同时蓄力准备抱着他站起来。但尸体意外地轻，他都能透过衣服感觉到骨头。他觉得自己像是在抱着他曾经为儿子放在储物柜里的一袋积木。

他小心翼翼地经由地下室蜿蜒曲折的甬道，穿过博物馆，朝着岗亭走去，那地方离这里至少隔着三个街区，而且是唯一一个这么早就有人到岗的地方。从监控电视上看，他像是抱着一小撂要洗的衣服。

这支送行的队伍只有沃尔特一个人，他格外孤独和伤心，一道清泪流下，在他一侧的脸颊上留下一道湿乎乎的痕迹，汇入了他下嘴唇上咸咸的小水洼。他连橡皮筋老爷子的真名都不知道。

大都会为此深切哀悼。此举既不是做给哪个或哪些神明看，也绝非遵守某种教义或宗教的规定，而是博物馆由来已久的内部传统。其中涉及一系列要认真执行的仪式，不过不是大众普遍举行的正统仪式，更像是某个部落特有的。

上午八点，橡皮筋老爷子去世的噩耗传到了董事长莉莉·马丁的办公室，当时救护车已经把他的尸体拉走了，警察也已经询问过了沃尔特。尸体被移动过，这让情况变得有些复杂，但是有一点很清楚，他是自然死亡。

八点四十五，五楼的董事长办公室里集结起了一个小组，他们开始组织员工的哀悼会。

布鲁诺·帕克看向他的上级迪克·特拉克纳，后者不易察觉地点了一下头，表示允许帕克发言。特拉克纳御下有方，在这方面是个传奇；平时，他就坐在朝着博物馆后部的那间陈设简单的大办公室里发号施令。他惜字如金，就好像他这一辈子能说的话有限，眼下到了六十二岁的年纪，剩下的话越来越少了。

于是，帕克开口了，他同往常一样语调亲切有加，但这次多了些庄重。"死亡时间尚未确定，不过警察认为没必要做尸检。我们正在人力资源部的配合下确认他是否有亲属。"

董事长突然打断了他；她乐于（也善于）治丧，但她想了解更多细节。"等等，我们能帮忙吗？那个人叫什么名字？这屋里有人知道他除了'橡皮筋老爷子'之外的称呼吗？没他的名字，我们连写一封发给全体员工的备忘录都做不到。"

"康斯坦丁·斯洛西科。"首席法务顾问玛莎·德里斯科尔回答。她面对各种问询都能保持镇定，又因为她戴着珍珠饰品的精致打扮下是绝对的强悍，被大家称为"天鹅绒大锤"。

德里斯科尔继续说："他八十七岁。人力资源部门把他的档案发过来了。他从十九岁起就在这里工作了。没有家人，也没填写紧急联系人。"

董事长靠在了椅背上。"康斯坦丁·苏弗西克。"她说他名字时发音错了，让这名字听起来像是一种搭乘地铁时会染上的病[1]。没人纠正她的发音错误。她似乎突然伤感起来，好像知道他的身份之后让她对他们之间那段从未有过的友谊感到遗憾。"这么说，他在这儿工作了五十六年……"

"六十八年。"德里斯科尔澄清道。

"什么？"

---

1 "苏弗西克（Sewersick）"中"苏弗（sewer）"是下水道的意思，"西克（sick）"是疾病的意思。

"六十八年。"她重复了一遍，"他八十七岁了。"

"哦对。不管多少吧。六十八年就六十八年呗。天哪，有我在这里供职时间的两倍了，我感觉我都该有个登记号了。"董事长说，她指的是每件艺术品成为博物馆永久收藏时得到的编号。"他现在在哪儿呢？"她直白地问。

"谁？"帕克回答，人员的行踪下落通常是他会关心的事。

"苏弗西克。"

"呃，停尸房？警察把他抬进了一辆救护车。"

此时此刻，办公桌旁边的一圈人里，不止一个在想，董事长这是要说什么呢？她以为他能在哪儿？难不成在大厅一座敞开的棺材里？

董事长对这个无名老头的同情开始发酵，老头的独居生活也逐渐呈现在大家眼前。她扭头看着发展部经理利比·达文波特——死亡事件总是终结于发展部办公室。"利比，草拟一份发给全体员工的备忘录。既然他没有家属，安排丧事的就只有我们了。"

对于外界的人来说，这种强行替别人提出遗愿的行为或许看上去有些奇怪，甚至可以说比较冒犯。对于大都会而言，这是一种礼节，是博物馆大家庭员工文化的一部分。

达文波特了解这个，但是她很快开始质疑这条命令，因为它可能代表博物馆以后有了新政策。达文波特总是一副"杯子半空"的悲观状态——而且可能是个铁杯子。"好，不过要是我们为这个人做了这些……"

"他叫康斯坦丁·斯洛西科。"德里斯科尔重申，她打定主意要恪守礼仪。

"好吧。塞洛西斯先生，'橡皮筋老爷子'，不管怎么称呼吧。我们现在是不是决定要为每个人都搞这一套？要是这座博物馆里每有一个汤姆、迪克或哈利死掉，这儿都要变成殡仪馆，我的员工可受不了。"

董事长明白大家担心什么，她早就主张，起争端时应该参照实际的先例来解决问题。她用一种自己知晓现行方针的语气回复了达文波特，同时编了一套说辞，让绕过现行方针的行为变得有理有据。她就是能同时兼容多个矛盾的方案，这是她的天赋。

"行了。我明白你的顾虑。"董事长说，"这并非开什么先例，因为咱们现在要办的丧事不是别人的，而是在这里工作最久的员工的——不过，他现在是没法再工作了——你们知道我的意思。他是为博物馆服务时间最长的员工，而且恰巧又在我们博物馆地下室死掉了。"

帕克用余光扫到特拉克纳露出一丝哂笑，他在笑董事长现在口不择言的模样。德里斯科尔盯着地面，轻轻摇了摇头，她为大家反复使用"死掉"这种词感到失望。

"好吧。"达文波特让步了，"可是，为了这个人有必要给全体员工发备忘录吗？当年比尔·布里格斯在喷泉旁边突发心脏病，我们根本没拿它当回事啊。"

"利比……"董事长不需要再多说一个字，她那种校长训学生的口气足以告诉大家，她接下来要说的是"够了"。

"明天是不是应该组织一次员工咖啡座谈会？"特别活动部的经理问，她坐在办公室尽头的一张椅子上。她在这次会议开始之后才赶到，她知道，如果开会的人里有特拉克纳，没有允许的情况下无关人员是不能参会的。

"当然应该了。"董事长回答，她没看到达文波特翻了个白眼，然后夸张地在平板电脑上匆匆记下了会议决定。

收件人：全体员工

发件人：米歇尔·拉鲁斯，馆长

主题：康斯坦丁·斯洛西科

2004 年 9 月 15 日

大家应该已经听说了，为大都会服务时间最长的员工昨夜于博物馆内逝世。众所周知，康斯坦丁·斯洛西科作为博物馆购物袋的整理者一直兢兢业业、任劳任怨。他的岗位至关重要，而且在职六十八年说明他对博物馆有着非同一般的奉献精神。员工自助餐厅南侧的走廊中的纸箱就是见证他这些年勤恳工作的丰碑。

明早九点将在丹铎神庙举办员工咖啡座谈会，探讨康斯坦丁为大都会做出的贡献。感谢大家。

董事长莉莉·马丁清楚，她将作为博物馆备受敬重的女性领导人为九百多名员工失去的同事进行真诚的致辞。

第二天上午九点整，年龄跨越若干代的博物馆员工都到场了。虽然没人声称和橡皮筋老爷子有交情，但他代表着重视忠诚度的机构内部某种强大的东西，那就是大家默认的一条准则——要尊敬年纪轻轻就来到这里、努力工作并且待了一辈子的人。大都会把这些员工当成自己人，坚定不移地热爱他们，并且接受了他们的诸多怪癖，比如绑橡皮筋等等。这一点使得康斯坦丁·斯洛西科安安稳稳地待在博物馆的茧中，就算没人知道他的真名也没关系。

马丁董事长的讲话风格流畅而真挚，但常常比听众预想的直白。她走上讲台，像个经验丰富的政治家。她还保留着对逝者名字的错误发音，不过这没带来什么影响，不过是让大家对他的真名形成了错误的印象罢了。

"欢迎在座的各位，大家早上好。很高兴看到今天早晨你们这么多人来同康斯坦丁·苏弗西克道别。"

"人们都称他为'橡皮筋老爷子'，他是个话不多的普通员工，在我们馆里工作了有六十八年之久。我们的另一名员工沃尔特·豪在他整理好的一大摞购物袋附近发现了他的尸体；这突如其来的死讯让我们博物馆上上下下都不敢相信，万分悲痛。我们都认识这位似乎永远都在的主人公。这位善良的人好像从未离开过地下楼层中他的那块专属区域。过去将近七十年里，大家天天都能在这儿看到橡皮筋老爷子，可惜以后我们再也看不到他了。我们许许多多的人都会怀念这样的他：安安静静的，几乎从不说话……但又很友善……对谁都很亲切。"

"康斯坦丁·苏弗西克的遗产便是他的袋子；这些整洁有序的购物袋便是他对大都会的一份爱。作为橡皮筋老爷子，其实他属于一个更大的集体——一座视员工为家人的博物馆。我们共同工作、共同成长、共同奋斗、共同庆祝。现在，我们又将共同悼念我们所有人都将长久铭记的一位同事。今天，愿大家把手中的购物袋抓得更紧。谢谢大家。"

随后掌声响起，在埃及神庙这个光线充足的空间里，台下的人交头接耳。此类集体活动对员工有着重要影响，那就是确保员工以更大的格局看待大都会，让他们各自在博物馆的生态系统中确立自己的位置。他们一边与这些基本信念和他们自己终将走向死亡的命运做斗争，一边把点心裹进折起的餐巾纸里，准备把它们偷偷带回办公室。

几周后，博物馆的商店乱了套。之前没人想到橡皮筋老爷子在购物袋分发方面有如此重要的作用。有家商店无奈之下只得将明信片丢进用来装书的、空荡荡的大袋子里；还有一家商店勉强把沉甸甸的艺术品目录塞进了本来为丝巾和首饰设计的纸袋。袋底烂了，提手断了，几乎空无一物的袋子在中央公园的上空像印着品牌商标的许许多多风筝一样飘过。来旅游的参观者怨声载道，纽约本地游客则吵吵着要博物馆退款，商店的销售额直线下降。

在每周行政简报中，商务经理亲口承认了混乱的状况。"让经营重归秩序，"董事长做出批示，"这周内结束混乱。"

伊迪斯是商品部门一名年轻上进的女员工，她接到任务，要评估和上报橡皮筋老爷子生前备好的包装袋余量，以借此机会了解他的日常工作。这是一项枯燥的任务，偏偏又需要在博物馆里尤其乏味的一个地方完成；不过，伊迪斯将该任务视为从同事中脱颖而出的好机会。她拥有艺术史硕士研究生的学历，有信心胜任数纸袋的挑战。

伊迪斯清楚，在大都会供职，大多数时候都要遵循这样一条路线：抓住机会、勇于尝试，然后甘于为杰作的诞生做不起眼的工作。她想，这像在文艺复兴时期大师们的伟大工作室里干活一样，她负责画的可能只是脚踝那部分。

她决定从橡皮筋老爷子留下的堆积如山的箱子入手。原本空空荡荡的走廊靠墙摞着的箱子有十英尺高，这让她惊叹。因此，她觉得在看箱子里装着什么之前得先盘点一下，一边盘点一边给箱子贴上标签。这些硬纸板箱一直从地板堆到天花板，阵仗让她想起了古埃及高官朋内布的墓室，墓室正面十分高大，由砖块交错搭建的墙体组成。任务繁重，但是伊迪斯靠着一根锐意牌马克笔、一把梯子，还有她快速判断的能力，征服了一列又一列纸箱。

终于，她要清点靠着后墙的纸箱了。她惊讶地发现这些硬纸板箱是连接在一起的。她轻轻摇晃了一下箱子，意识到它们比之前的箱子都轻。连为一体的纸箱立在地板上，形成了一面三英尺宽、六英尺高的平板。这个平板的一端连着许多购物袋提手，它们由橡皮筋仔细地捆住，形成了连着纸板箱的一个新的、更大的把手。伊迪斯拉了拉那把手，跟它连着的那些箱子在一系列橡皮筋合页的作用下荡开来。原来，这堆得高高的几摞箱子组成了一扇不可思议的大门。

这扇厚重的纸箱门背后是一扇真正的门，是一间早就被人遗忘的储藏室的入口。太有创意了，她想。她假想这是橡皮筋老爷子对"储藏室须始终方便人员进出"这条要求的幽默回应。等上级斥责他枉顾馆内要求的时候，橡皮筋大爷就会笑眯眯地拉开大门，展示这个绝顶聪明的玩笑。

伊迪斯担心里面有更多的纸箱等着她清点。怀着忐忑的心情，她开灯走进了储藏室。然后，她立刻明白了，盘点工作结束了。

她站在一个奇异的宝藏之中：这是一间让人震惊到忘记呼吸的房间，完全由白纸做成。

这可不是一般的房间，而是一间缩微的十八世纪法式八角形会客厅，以纸雕的形式再现了这类客厅中精致繁复的立体雕花装饰。房间进深约十英尺，整个空间可以说是完美而和谐的新古典主义的典范。蛋与镖图案的饰线脚、扎好的月桂花环、活泼俏皮的圆花饰、卷曲的枝叶——装饰一层接着一层，好似在排着队圈定屋里的每一处细节：这些花纹有的在天花板上环了一圈，有的盘绕着入口对面的另一扇门，还有的勾勒着两处壁龛；有的在纸做的沙发床上，有的在纸桌和看起来像大衣柜的家具上——"大衣柜"的门用一个精美的门闩闩着。狭长的框架镶板规律地分布在这座建筑中，每一部分都绕有一圈精致的装饰性嵌线。一盏硬纸板做的枝形吊灯用纸链子吊在天花板上，围绕着大小和形状像倒挂的茄子似的中心，探出九条灯臂。

伊迪斯忍不住摸了摸其中一个花环，欣赏着这让花环呈现出曲线和立体感的细致的裁切工艺。她敲了敲墙，听声音墙是实心的。创造这个奇迹只用了两种材料：大都会购物袋的白色衬里，还有房间外面用来装这些袋子的瓦楞纸板箱。

房间整体就像一件用拔丝的糖做的艺术品，它坦然自若，像一段鲜活的记忆，真实而触手可及，又有种陌生的距离感。又过了一会儿，伊迪斯才意识到，橡皮筋老爷子是仿照赖特斯曼展厅中 1775 年克里雍别墅中那间闺房打造的一个简约复制品。他省略掉了原版中标志性的繁复的藤蔓花纹，凸显了房间中原本并未被重视的建筑成就。

　　沙发床正好地放进了两英尺深的壁龛中，抬高的两侧和后部装饰着排列整齐的垂花饰，床的前腿上装饰着小小的埃及人头——这种装饰在十八世纪晚期的法国风行一时——纸雕的面孔像是从洞里冒出的老鼠脑袋。伊迪斯想象橡皮筋老爷子蜷着身子躺在这张床上，回忆起她听说的传言——被人发现时他的尸体就保持着这种姿势。她胸中不由得对这个陌生人涌起澎湃的柔情，他创造的这个乐园击中了她。他一定想到了，会有这么一天，这么一刻，他不为世人所知的作品终于被人发现。他是否甚至预想到了这个瞬间？

　　一张书桌放在沙发床对面的壁龛中，与之搭配的还有一把矮脚椅，锥形的椅腿上端是巨大的卷轴形装饰，再往上便是叶形装饰环绕的椅座。这张桌子仿造了十八世纪的机械家具，桌面可以滑动，滑开后会露出一个倾斜的小木板，就像画架上的一幅油画；依它原本的造型看，它很可能曾经是一面镜子。

　　伊迪斯打开书桌抽屉，发现了一样东西，被逗乐了。

剪子。她摸起这个赐予这奇景生命的工具，掂了掂它的分量，旋即探身将剪刀放回书桌，趁机好好看了看那"画架"上的小木板。其框架本身沿袭了这张书桌克制的设计风格，但是框架内部，一块玻璃的背后是一样有历史意义的古董文件：1963 年的博物馆备忘录。

大都会艺术博物馆
纽约州纽约市，10028

1963 年 3 月 6 日

全体员工：

最近几周，《蒙娜丽莎》展出期间，不少——很多——许许多多的博物馆工作人员及其家属为博物馆提供了服务，做出了奉献，并且承受了巨大的压力，他们都是博物馆的英雄。

我们特别要向上尉、中尉和他们的部下表示感谢并为他们感到骄傲。策展人及其工作人员和所有服务部门在看得见或是看不见的方方面面彼此配合。儿童博物馆的员工，馆内所有的接线员和工程师也都秉承合作精神共同参与本次展览。想必今后很多年中，他们都会自豪地与人讲起这段经历。若把博物馆比作一只大船，那么诺布尔先生、麦格雷戈先生、利尔·格林和她的员工、会员部、琼·斯塔克和她的助手就是能让船安然度过风浪的人。凯莱赫先生和他的员工组成了不断壮大的销售队伍，不辞辛苦散发印刷广告，餐厅和停车场在资金问题的压力下继续奋战。凭借博物馆员工的共同努力，27天的时间里1077521名参观者才得以欣赏到《蒙娜丽莎》。

馆长詹姆斯·J.罗密尔

伊迪斯曾在一场博物馆讲解员做的讲座上听说过那次重要活动，是大都会向法国政府借来了他们的艺术藏品。当时，达·芬奇的杰作就在中世纪大厅中展出，背景布置了一张深酒红色的天鹅绒幕帘，看起来有点像木偶剧场。尽管当时正值寒冬，人们闻讯还是纷纷赶来，甚至博物馆门外也人满为患，等候入场参观的队伍排了好几个街区。一旦进了馆，参观者就会被引导员带着快速经过那幅油画，并且被叮嘱不要停下脚步，全副武装的海军卫兵大喊："队伍继续往前走！""不得逗留！""继续走！""都跟上！"

那个讲解员结束讲座时还讲了一个真实性不明的故事，他说有个小男孩在队伍里等了好几个小时，等终于轮到他站在那幅画面前时，小男孩敞开大衣，也给他的小狗看了看《蒙娜丽莎》。

还有人夸张地声称，《蒙娜丽莎》的真品自此再也没有回到卢浮宫，现在巴黎展出的那幅画是赝品。

可这样一幅自带特勤支队的画才不会在经手大都会时丢失呢。虽然伊迪斯只见过通往传奇的一号仓库的封闭门，但她知道进出博物馆的每一件艺术品都要通过地下装卸站附近的那处神圣空间。什么都不会丢。

那页关于《蒙娜丽莎》的备忘录可能是橡皮筋老爷子在博物馆工作的几十年来收到的唯一一封来自大都会馆长的信。他竟然把它保存了这么多年，实在让人感慨。要是她收到了米歇尔·拉鲁斯发出的备忘录，她可能也会这么做吧。

发现这个大宝藏的伊迪斯定了定神，开始研究房间里的门。她试着打开入口对面的那扇门，可它纹丝不动，原来那只是设计出来的一扇假门。然后，她又去开书桌后面的门——看上去那应该是一个大柜子的门；门上有个结实的托架，它像一个小手似的弯曲地握着硬纸板做的把手，她将把手从支架中抽出，橡皮筋合页连接的门板立刻荡开，撞上了书桌后侧。紧接着，伊迪斯就把书桌移到了一旁。

这扇门完全拉开时，里面的一盏灯也随之打开，灯光照亮了柜子中一截搁架上的东西。它就在那儿，像明信片上的图一样醒目又常见，只不过尺寸更大，也更具魅力。

"怎么回事……"她惊奇地自言自语。在这间一尘不染的屋子里，突然冒出来一处稀奇的壁龛，里面是一件古怪而隐秘的礼物，为的是向一张老套的名画致敬。"我猜，那张画来到纽约时他一定非常激动……"伊迪斯认真地看着画喃喃自语。

这幅画没有装裱，不到两英尺宽，约有两英尺半高；一英寸厚的画板只是靠在凹进去的墙面上，也就是靠在为了做柜子而挖出的壁龛里。伊迪斯本能地将画拿起来，翻了个面，因为她以为那后面还有硬纸板，更多梦幻奇景。可那里竟然是实心的，就是一块古老的、磨损厉害的木头。她记得读到过，全世界范围内共有六十一件《蒙娜丽莎》的复制品。也许现在可以说有六十二件了，她想。

画后面，一行写着大写字母 H，另一行潦草地写着数字"29"；左上角有"L 乔孔多[1]"字样，看着像个签名。余下的干透的纸胶布勾勒出了画板的边缘，三行旧标签粘在顶部："凡尔赛宫藏画"是用古体字写的，剩下的"……馆长"不知是谁用潦草的法语写就。最后盖了一个红色的章，章上刻的是王冠和百合花[2]，还有"M""R"与"316 号"字样。

画板有两处空缺，形状奇特，一处以木材填补，另一处以亚麻布条填补；它们看着像是两只抽象的蝴蝶，一只停在另一只上方，最终由另外一小块亚麻布垂直连在一起。

伊迪斯把画正过来，去看画像的那一面。就在画像

---

1 法国人喜欢称《蒙娜丽莎》为"乔孔多夫人（la Joconde）"，因为蒙娜丽莎的丈夫姓乔孔多。
2 法国王室的象征。

再次映入眼帘的一瞬间，她似乎有种清风拂面的感觉。从正面看，她发现画板顶部是裂开的。不过万幸，这道裂痕恰巧在到达画中人的发际线时突然停止，并没有破坏那张著名的脸。看来画板背后奇怪的蝴蝶形状其实是为了弥合这道裂缝。油画的整个表面都布满了蜘蛛网似的细微裂痕。

这画散发出一种气质，金灿灿、暖洋洋，让人挪不开视线，仿佛它不是一张等待参观的、令人腻烦的名画，而是有它真正的灵魂。它像是一首和谐与平衡的乐曲，有种难以言说的澄澈；在画家漫不经心的描绘下，这澄澈的曲子激昂回荡。

这画似乎承载着不知多少个世纪的重量。

"天哪。"伊迪斯说，这次的声音很响亮。她开始心跳加速，这表明她很困惑，也表明她感觉自己步入了一个具有深邃诗意又极度复杂的世界。她迅速把画放回原处，因为她不想被人看到她拿着这幅画。任何一个学者都可以证实伊迪丝现在凭本能意识到的事情：她刚刚摸到的是《蒙娜丽莎》的真品。

怎么会这样？那卢浮宫里的是什么？这不可能。

可它就在眼前。

橡皮筋老爷子像施魔法一样创造出了整个世界，独独这个是真的。

伊迪斯的第一反应是离开这儿。她心慌意乱地想着指纹和证据，清点购物袋的任务，还有她立功的机会。"这肯定是个好机会。"她思量着，自言自语道。她在努力平复内心的矛盾和挣扎。

她深吸一口气，不禁为整件事透出的那点机灵劲儿微笑起来。一场由纸、剪刀和世界名画悄然掀起的变革。一段献给纯粹而恒久之美的壮丽人生。

康斯坦丁·斯洛西科与那些以同样的热爱和细致打理展厅的策展人如此不同吗？这幅画实际上从未离开过博物馆。

可以肯定的是，有场风暴在等着她。科学和专家们会证实这幅不请自来的画喷涌而出的"真"。这里有一个待讲的故事，一个待解的谜团，很有可能没人会再去关心什么购物袋的问题了。

不过，现在伊迪斯只想静静坐在康斯坦丁·斯洛西科的纸宫殿中，悠然享受这个奇迹般的存在，就好像这里是完全属于她的世界，是她做的一个美妙的梦。穿过纸宫殿的大门，她得以见识到一处无名之所的辉煌之形。一个小小巨人的温柔反抗就这样深掩于大都会的山峦之下。

伊迪斯将永远珍藏这一刻，就像一名策展人珍藏《蒙娜丽莎》本身一样，因为它弥足珍贵，意义非凡，远非它本身寒酸的历史能定义。那一天是她在大都会的职业生涯的真正开端。她要再沿着这条地下廊道走上二十六年；每一天，她都会坚信，在博物馆的尘封小路和日常活动之外，一定有着让人全然无法想象的可能。她将像纸一样，被这信念切割、折叠、雕琢成奇迹。

致　谢

　　这本书我构思了二十三年，写了十二个月。我非常感谢大都会艺术博物馆 2017 年准了我整整一年的学术休假，让我终于把脑子里的字句写了出来。最早支持我做这件事的是一群杰出的女性，是她们给了我迈出这一步的勇气：黛博拉·内德勒曼、安娜贝尔·塞尔多夫，朱莉·比尔斯坦、罗斯玛丽·莱恩、艾米丽·拉弗蒂和安迪·麦尼可。

　　一路走来，我收获了众多了不起的读者。爱丽丝·阿蒂埃、迪达尔·布莱尔、安德鲁·博尔顿、朱莉·比尔斯坦、史蒂文·埃斯托克、米歇尔·加拉格尔、安德里亚·格利姆彻、约翰·哈比希、詹姆斯·卡利亚多斯、玛利亚·凯尔曼、克里斯托弗·诺耶、拉塞尔·皮乔内、琳恩·沙普顿、安德鲁·所罗门、马丁·所罗门和斯蒂芬·约克。他们的鼓励和提问让一切变得不同。

希拉里·莱西特尔·格里芬是我休假一年里的编辑，她非常出色，提出的每一个关于文本的建议都无比正确，对我写作期间的所有助力都无比及时。

朱迪斯·古尔维奇是我杰出的出版人，我一开始给她讲我的书时，她就立刻懂了，她有着世上最精准的"编辑之耳"。我日复一日地通过电话把我的书念给她听，后来我发现，有些地方只有她能听得明白。她在阿泽普莱斯出版社（Other Press）有一支无可匹敌的超一流团队。约翰·高尔是个令人惊喜的设计师，他设计了我这本书的封面并且一稿通过。[1]

休假期间泡在罗马美国学院和纽约公共图书馆的本间正一阅览室的那些日子，还有在纽约社会图书馆、纽约大学博布斯特图书馆和大都会的托马斯·J.沃森图书馆里的那些日子，对我来说都至关重要。感谢善良的凯瑟琳·杰拉德，是她把她儿子鲁伯特的房间借给我，我才得以在谢尔特岛上写作。

即便在虚构作品中，真实情况有时也很重要。在大

---

1 指英文原版书的封面。

都会，我得到了档案馆的吉姆·莫斯克和芭芭拉·菲莱的帮助，由此发现了一些小细节，比如雅各布·罗杰斯的住址和 1963 年《蒙娜丽莎》在大都会展览后员工收到的备忘录。《夜间行动》中关于储物柜里的保安的那封备忘录也是真的，是多年前一个同事给我看的。《天才策展人》中对吉姆·坎贝尔的《行走的人》视频的介绍出自道格·埃克隆德所写的精彩的目录条目。埃克隆德是摄影展部的策展人，也是大都会最有才华的员工之一。同时，我还非常感谢建筑部总经理汤姆·斯卡利，他慷慨地陪我穿过博物馆地下大大小小的隧道，之前我已经有十多年没有去过那些地方了。

如果可以的话，我想在此感谢大都会大家庭中的每一个成员，但你们人数众多，就像漫天星斗。我会把书里记录的时光当成我们自己的沃比冈湖，永远记在心间。"那时候，所有的女人都强壮，所有的男人都英俊，所有的孩子都优秀"。

最后我要说，对我这个作者最支持的莫过于我的三个 C 了。你们给了我最好的爱，是我最狂热的捍卫者。书里的每一个字都是献给你们的。